POEMAS ESCOLHIDOS

Título original:
POEMS by Currer, Ellis, And Acton Bell

Direção Editorial ***Ethel Santaella***

REALIZAÇÃO

GrandeUrsa Comunicação

Direção *Denise Gianoglio*
Tradução *Otavio Albano*
Revisão *Ana Elisa Camasmie*
Capa, Projeto Gráfico e Diagramação *Idée Arte e Comunicação*

Dados Internacionais de Catalogação na Publicação (CIP)
(eDOC BRASIL, Belo Horizonte/MG)

B869p Brontë, Anne.
Poemas Escolhidos das Irmãs Brontë / Anne Brontë, Charlotte Brontë, Emily Brontë; tradução Otavio Albano. – São Paulo, SP: Lafonte, 2024.
160 p. : 15,5 x 23 cm

Título original: POEMS by Currer, Ellis, And Acton Bell
ISBN 978-65-5870-547-5 (Capa A)
ISBN 978-65-5870-549-9 (Capa B)

1. Literatura inglesa – Poesia. I. Brontë, Charlotte. II. Brontë, Emily. III. Albano, Otavio. IV. Título.
CDD 821

Elaborado por Maurício Amormino Júnior – CRB6/2422

Editora Lafonte

Av. Profª Ida Kolb, 551, Casa Verde, CEP 02518-000, São Paulo-SP, Brasil – Tel.: (+55) 11 3855-2100
Atendimento ao leitor (+55) 11 3855-2216 / 11 3855-2213 – atendimento@editoralafonte.com.br
Venda de livros avulsos (+55) 11 3855-2216 – vendas@editoralafonte.com.br
Venda de livros no atacado (+55) 11 3855-2275 – atacado@escala.com.br

Impressão e Acabamento:
Gráfica Oceano

ANNE, CHARLOTTE E EMILY BRONTË

POEMAS ESCOLHIDOS

Tradução
Otavio Albano

Brasil, 2024

Lafonte

SUMÁRIO

POEMAS DE ACTON BELL (ANNE BRONTË)

POEMAS DE CURRER BELL (CHARLOTTE BRONTË)

POEMAS DE ELLIS BELL (EMILY BRONTË)

POEMAS DE ACTON BELL

(ANNE BRONTË)

Uma Reminiscência

Sim, você partiu! E nunca mais
Seu sorriso ensolarado há de me alegrar;
Mas posso passar pelos velhos portais
Da igreja e, pelo chão que a cobre, andar.

Posso ficar sobre o calçamento úmido, gelado
E pensar que logo abaixo jaz, glacial,
O coração mais leve que havia encontrado
E o mais doce que hei de conhecer, afinal.

No entanto, embora nunca mais a possa ver,
Ainda é um consolo tê-la conhecido;
E embora sua vida transitória tivesse que perecer,
É doce pensar que tenha existido.

Pensar que um espírito quase sagrado,
Em uma forma de anjo tão bela,
Unido a um coração ao seu igualado,
Certa vez alegrou nossa orbe singela.

O Caramanchão

Vou descansar nesse caramanchão protegido
E para o céu azul claro olhar
Céu que me sorri através das árvores
Que densamente vêm se aglomerar;

E vejo suas folhas verdes e vistosas,
Todas sob o sol a brilhar;
E começo a listar o farfalhar dos galhos,
Sussurrando tão suave no ar.

E, enquanto meu ouvido o som absorver,
Minha alma alada voará distante;
Revendo solitários anos do passado,
Como um dia de outono ameno, radiante;

E, elevando-me a cenas futuras,
Como colinas, bosques, vales verdejantes,
Todos aquecendo-se sob o sol do verão,
Ainda vistos com vagar, ainda distantes.

Ah, que lista! O sopro do verão
Sacode suavemente das árvores o farfalhar...
Mas, veja só! A neve está no chão...
Em cenas tais, como posso pensar?

Nada mais que a GEADA clareia o ar,
E dá ao sol aquela azul coloração;
No sol do INVERNO, estão sempre sorrindo
Aquelas sempre-vivas de sombria gradação.

E o frio do inverno permanece-me no coração...
Como posso sonhar com a felicidade futura?
Como pode meu espírito voar,
Confinado com tamanha atadura?

Lar

Como brilha resplandecente ao sol,
Como a hera da floresta se diverte!
Enquanto a faia de suas cascas
Seus raios prateados reflete.

Aquele sol contempla cena encantadora
De céus com sorriso doce sem par;
E, sem controle, por entre árvores inúmeras
Vem o vento do inverno suspirar.

Agora, alto, brada sobre minha cabeça,
Agora, morre bem afastado.
Devolva-me minhas colinas áridas
Onde eleva-se vento mais gelado.

Onde não faltam árvores dispersas, atrofiadas,
Que produzam ondas de respostas, mais além,
Mas onde um deserto de charnecas
Retorna o mesmo som também.

Àquele jardim, belo e amplo,
Com bosques de sempre-verdes entremeados,
Longos e sinuosos passeios, bordas aparadas
E, entre eles, gramados aveludados.

Traga-me novamente aquele pequeno lugar
Com paredes cinzentas tudo cercando,
Onde jaz a grama nodosa, descuidada,
E ervas daninhas vêm o chão usurpando.

Embora as cercanias desta alta mansão
Convidem os pés a vagar,
Embora, por dentro, belos sejam seus corredores...
Ah, devolva-me o meu LAR!

Vanitas Vanitatum, Omnia Vanitas[1]

Em tudo o que podemos fazer, ver e ouvir,
A Labuta e a Vaidade trabalharam sem se exaurir.
Enquanto a terra imóvel continua a perseverar,
Os homens vêm e vão, como as ondas do mar;

E, antes que morra uma geração,
Outra surgira na mesma posição;
AQUELA, já na sepultura submergindo,
Como onda após onda, outras a vêm seguindo;

1 "Vaidade das vaidades, tudo é vaidade", em latim. (N. do T.)

À medida que se eleva, cada uma perece.
Todos os dias o sol novamente nasce,
Em direção ao poente, vai se apressar,
E todas as noites afunda, mas não para descansar;

Aos céus orientais retornando,
Para nos iluminar novamente, lá vem ele se elevando.
E, mais uma vez, vem o vento inquieto soprar,
Com intensidade, do Norte, agora começa ele a ofegar;

Do Sul, do Leste, do Oeste agora,
Nunca em repouso, muda sempre, sem demora.
As fontes das colinas vêm correr,
E os riachos, sempre fluindo, vão abastecer.

Seu estoque os rios sedentos engolem,
E até a costa o conduzem,
Mas as águas do oceano muito mais querem.
É um trabalho sem fim, em todo lugar!
Tal som o ouvido não pode saciar,

A luz, o olho ávido não pode preencher,
Nem a riqueza metade das necessidades abastecer.
O prazer apenas duplica o futuro sofrimento,
E a alegria, em seu rastro, traz o abatimento;

O riso é louco, a alegria, irrefletida...
O que faz ela nesta terra abatida?
Se a Riqueza ou a Fama nossa Vida empregar,
Vem então a Morte nosso trabalho arruinar;

Para a taça intocada arrebatar,
Pela qual tantos dias não paramos de trabalhar.
O que resta então ao homem, tão desprezível?
Os confortos da vida usar enquanto possível,

As bênçãos que o Céu concede aproveitar,
Os amigos ajudar, os inimigos perdoar;
Confiar em Deus e obedecer Sua determinação,
No bem e no mal, de modo firme, com correção;

Por tudo o que Deus nos deu agradecendo,
E firme expectativa no Céu sempre mantendo;
Sabendo que decairá toda terrena bonança,
E, nos dias mais sombrios, mantendo a esperança.

O Penitente

Com você lamento, mas continuo a me alegrar
Por você poder sentir tanta dor;
Os coros de anjos minha voz vai acompanhar
Para abençoar a desgraça do pecador.

Mesmo que amigos e parentes acabem por se afastar,
E, da sua dor, a rir se demorarem,
Ouço o grande Redentor proclamar:
"Bem-aventurados aqueles que chorarem".

Mantenha seu curso, não chegue a estranhar
Que as ligações terrenas se soltem ao léu:
O homem pode a mudança maravilhosa lamentar,
Mas, lembre-se, "há alegria no céu!".

Música na Manhã de Natal

Música que amo... mas nunca uma composição
Poderia êxtases tão divinos abrasar,
Nem amenizar a dor, ou vencer a aflição,
E este meu coração pensativo despertar...
Quanto aquela que ouvimos na manhã de Natal,
Na brisa nascida no tempo invernal.

Embora a escuridão tenha seus domínios guardado,
E devam as horas passar, antes de o sol raiar;
De sono profundo, ou de sonho agitado,
Aquela música GENTILMENTE nos convida a acordar:
Ela nos clama, com uma voz angelical,
A despertar, adorar e nos alegrar, afinal;

A saudar com alegria o glorioso amanhecer,
Que os anjos acolheram muito tempo atrás,
Quando veio nosso Senhor redentor nascer,

Quando, por fim, a luz do Céu Ele nos traz;
Veio os Poderes das Trevas de uma vez dissipar,
E a Terra, da Morte e do Inferno, resgatar.

Enquanto ouço essa sagrada canção,
Eleva-se às alturas meu espírito arrebatado;
Parece-me ouvir novamente aquela porção
Ressoando pelo céu estrelado,
Que deleite divino despertava
Em todo aquele que, à noite, seu rebanho vigiava.

Com eles celebro a nobre criança...
Glória a Deus, no Céu mais elevado
Aos homens boa vontade, e, na terra, paz, esperança,
Um Rei Salvador foi-nos dado;
Nosso Deus, o que lhe pertence, reivindicará,
E o poder de Satanás, enfim, derrubará!

Para o homem pecador, um Deus sem pecado
Desce para sofrer e sangrar,
O Inferno DEVE, então, renunciar ao seu reinado;
O mundo está livre, o preço Ele veio pagar,
E o próprio Satanás deve agora admitir
Que Cristo conquistou o DIREITO de remir;

Agora, pode sorrir, do céu, a Paz sagrada,
E da terra brotará a celestial Verdade:
A audaz união do cativo foi quebrada,
Pois nosso Redentor é nossa majestade;
E Aquele que pelos homens veio seu sangue derramar
A Deus novamente há de nos levar.

Estrofes

Ah, não chore, amor! Cada lágrima que brotar
Desse seu olhar tão querido,
Virá um sofrimento mais agudo me ofertar,
Como se do meu houvesse nascido.

Não desanime! Ainda que cheio de escuridão
Seja seu destino, seu fim;
Por MIM, combata a dor e a preocupação,
A vida valorize, por mim!

Que seu amor falhe não posso temer;
Sei que sua fé é confiável;
Mas, ah, meu amor, é frágil o seu poder
Diante de vida tão miserável.

Não fosse por isso, poderia muito bem traçar
(Embora há muito de você esteja separado)
A trilha acidentada da vida, e bravamente enfrentar
As tempestades que me têm ameaçado.

Não tema por mim... minha mente já é capaz
De a Tristeza e o conflito saudar;
A alegria, com meu amor, deixo para trás,
E o cuidado, com os amigos que encontrar.

De uma mãe, o olhar triste e reprovador,
Enquanto o pai vem sua carranca ostentar...
Mas ela pode suspirar, e ele, mostrar temor:
Minha promessa não vou quebrar!

Amo minha mãe, sempre vou venerar
Meu pai, mas não tema, afinal...
Acredite que somente a Morte há de arrancar
De você este coração leal.

Se Isso For Tudo

Ó, Deus! Se isso for tudo realmente
Que a vida há de me mostrar;
Se, na minha fronte doente,
Nenhum orvalho seu vier tombar;

Se, sem uma chama mais luzidia,
O lampião da esperança puder brilhar,
E eu apenas puder sonhar com a alegria,
E com uma exaustiva aflição acordar;

Se o consolo da amizade deve esmorecer,
Quando outras alegrias se vão,
E o amor tão distante deve permanecer
Enquanto eu continuo vagando, então...

Continuarei vagando, esforçando-me sem ganho aparente,
Da vontade dos outros escravizado,
Com preocupação constante, dor frequente,
Completamente esquecido e desprezado;

Mesmo lamentando a vida pecaminosa,
Continuo para reprimir, impotente,
Tanto a corrente interna, silenciosa,
Quanto a externa torrente.

Enquanto todo o bem que gostaria de dividir,
Todos os sentimentos que gostaria de compartilhar,
Voltam ao meu coração, não ousam sair
E, lá dentro, em absinto vão se transformar;

Se as nuvens SEMPRE devem esconder
As glórias do Sol do olhar,
E eu, o flagelo do Inverno devo sofrer,
Antes de o Verão começar;

Se a Vida deve tanta preocupação ter,
Que eu possa perto de você estar;
Ou dê-me força suficiente para padecer
Meu fardo de pesar.

Memória

O sol do verão brilhava cintilante
Sobre campos verdes e bosque tremulante,
E ventos suaves a disparar;
Acima, um céu de azul sem igual,
Ao redor, flores de belos tons, cada qual,
Atraindo do observador o olhar.

Mas o que me era todo esse encantamento,
Quando da memória um doce alento
Veio suavemente a flutuar?
Meus olhos contra o dia fechei
E para longe minha alma animada chamei
Da terra, do céu, do ar;

Que ali eu pudesse simplesmente imaginar
Uma bela prímula... um pequeno brotar,
Há pouco abrindo-se à visão;
Como nos passados dias da meninez,
Uma prímula abrindo parecia-me, de vez,
Fonte de estranha satisfação.

Doce Memória! Sempre sorrindo para mim;
Da natureza, suas são as maiores belezas, sem fim;
Ah, e ainda traz seu louvor,
O açafrão-bravo ainda faz brilhar,
Dentre as flores, divina sem par,
Da primavera o primor.

Na fragrância do goivo continua a habitar;
E ao redor do pequeno jacinto vem pairar,
Da minha infância, a flor favorita.
A pequena margarida continua a sorrir,
O botão-de-ouro vem a taça brilhante adir,
Com toda a sua força prescrita.

Para sempre conserve sua encantadora façanha
Ao redor da urze e do lírio-da-montanha,
E nem pense em ousar expirar
Por conta da geada cintilante, ou da neve cingida,
Trate de sussurrar quando sopra a brisa incontida,
Ou quando as águas ondulantes vêm brincar.

É a infância assim tão divinal?
Ou é da Memória a culpa, afinal,
Que coroa assim o passado?
Nem TUDO é divinal; seu espasmo de tristura
(Embora, talvez, seja breve quanto dura)
É amargo até acabado.

Não é todo seu o reconhecimento,
Pois apenas em nosso primeiro contentamento
Esse lume sagrado é lançado.
Com esse raio, nenhum dos seus atrativos
Pode fazer brilhar nossos prazeres consecutivos,
Embora há muito tempo tenham eles passado.

Para Cowper

Doces são seus acordes, Bardo celestial;
Nos anos da infância, entrementes,
Li-os repetidas vezes,
Com torrentes de lágrimas silentes.

A linguagem do meu coração
Em cada linha tracei também;
MEUS pecados, MINHAS tristezas, esperanças e medos,
Lá estavam... meus, de mais ninguém.

Apenas para mim o suspiro aumentaria,
E começaria a lágrima da aflição;
Mal sabia eu que a desgraça mais feroz
Havia enchido do Poeta o coração.

Não conheci as noites de tristeza,
Nem os dias de apertura;
Os longos, longos anos de sombrio desespero
Que o esmagaram, em meio à tortura.

Mas tais dias se foram; da terra, por fim,
Sua alma gentil passou,
E, no seio do seu Deus,
Finalmente seu lar encontrou.

Assim deve ser, se Deus é amor,
E orações de fervor trata de replicar;
É certo, então, que nas alturas você habitará,
E, lá, o hei de encontrar.

Acaso é Ele a fonte de todo bem,
De toda pureza a nascente?
Então, nas horas de maior angústia,
Seu Deus com você estava presente.

De que outra forma, quando se foi toda esperança,
Poderia você se apegar, tão afetuosamente,
Às coisas sagradas e ajudar os homens?
E como canta, tão docemente,

De coisas que apenas Deus ensinar poderia?
E de onde vem essa santidade,
Esse ódio a todo caminho de pecado...
Essa gentil caridade?

São ESSES os sintomas de um coração
Da graça celestial despojado...
Para sempre banido de seu Deus,
À fúria de Satanás abandonado?

No entanto, se forem reais seus medos mais sombrios,
Se o Céu for severo assim,
E que uma alma como a sua se perca...
Ah, então, qual será o meu fim?

A Oração do Descrente

Poder Eterno, da terra e do ar!
Invisível, mas por todo lado avistado,
Remoto, mas habitando em todo lugar,
Silencioso, em todo som escutado;

Se algum dia Seu ouvido piedoso se tenha curvado
Ao chamado de miseráveis mortais,
E se, de fato, Seu Filho foi enviado
A salvar perdidos como eu, pecadores iguais:

Então, ouça-me agora, aqui, em prostração,
Elevo-Lhe meu coração, meu olhar,
E toda a minh'alma ascende em oração
AH, DÊ-ME FÉ... desato a chorar.

Sem ter em meu coração certo fulgor,
Não poderia erguer esta fervorosa oração;
Mas, ah, transmita uma luz com mais vigor
E dela torne-me parte, em Sua Compaixão.

Se a fé comigo estiver, minha vida é abençoada;
Em dia minha noite mais escura vem ela tornar;
Mas, mesmo sempre contra o peito apertada,
Muitas vezes sinto-a resvalar.

Então, meu espírito afunda, frio e escuro,
Ao ver a luz da minha vida me abandonar;
E todos os demônios do Inferno, juro,
Da angústia do meu coração vêm desfrutar.

O que farei, se todo o meu agir,
Meu esperar, meu amor tiverem sido em vão,
Se, lá no alto, nenhum Deus existir,
Para me ouvir e me abençoar na oração?

Se tudo de vã ilusão não passar,
Se a morte for um eterno dormir,
Se meu chamado secreto ninguém escutar,
Nem meu pranto silencioso ouvir!

Ah, ajude-me, Deus! Pois o Senhor, somente,
Pode minha alma perturbada aliviar;
Não a abandone: ela é sua, exclusivamente,
Mesmo fraca, deseja sempre acreditar.

Ah, essas dúvidas cruéis trate de afastar;
E faça-me saber que o Senhor é Deus!
Uma fé, dia e noite, a brilhar,
Vai aliviar todos os fardos meus.

Se eu acredito que Jesus morreu,
E, despertando, ressuscitou para no alto reinar;
Então, todo Pecado, Orgulho e Desalento meu
À Paz, à Esperança e ao Amor devem renunciar.

E toda abençoada palavra Dele, por fim,
Transmitirão força e santa exultação;
Um escudo de segurança sobre mim,
Uma fonte de consolo em meu coração.

Uma Palavra aos "Eleitos"

Pode VOCÊ se alegrar, pensando estar seguro;
Pelo dom divino pode agradecer...
Aquela graça esquecida, que tornou seu coração negro puro,
E preparou sua alma terrena para no Céu resplandecer.

Mas é doce olhar ao redor, e poder ver
Milhares de excluídos de tal felicidade
Que mereciam, ao menos, tanto quanto você...
Suas faltas maiores não são, nem menor sua qualidade?

E por que deveria você o seu Deus mais amar?
Porque apenas a você Seus sorrisos são dados;
Porque Ele escolheu deixar MUITOS passar,
E para o Céu levar apenas uns POUCOS abençoados?

E por que seus corações mais gratos deveriam ficar,
Porque não foi por TODOS que o Salvador havia morrido?
Acaso seu Deus não é pelo amor, pela justiça sem par?
E seu peito não está pela caridade aquecido?

Acaso não abarca toda a humanidade seu coração?
O que você, com seu vizinho, faria...
O fraco, o forte, o esclarecido, o sem visão...
A forma como seu vizinho age com você lhe agradaria?

E quando você, olhando para seu semelhante,
Observa-os condenados à miséria sem fim,
Como pode falar de alegria, exultante?
Que Deus afaste tamanha crueldade de mim!

Sei que ninguém merece a eterna felicidade;
Indevida é a graça da ofertada compaixão:
Mas ninguém deve cair na eterna fatalidade
Sem ter merecido do Céu sua punição.

E, ah, vive dentro do meu coração
Uma esperança, há muito acalentada;
(E se seu raio de alegria partisse, então,
De trevas minha alma se veria carregada!)

Pois, assim como todos morreram em Adão,
Em Cristo todos devem viver;
E, sempre, ao redor de seu trono estarão,
Em eterno Louvor, eterno bendizer.

E até mesmo os ímpios, por fim,
Para o céu preparados serão;
E quando seu terrível destino vier, enfim,
A vida e a luz surgirão.

Quão remoto o dia, não ouso perguntar,
Nem qual é dos pecadores o sofrer,
Antes que sua escória venha purificar;
Apenas o suficiente para saber...

Que, quando o cálice da ira for drenado,
E purificado o metal,
Todos se apegarão Àquele antes desprezado,
E por Aquele que morreu viverão, afinal.

Dias Passados

Que houve um tempo, é estranho pensar,
Em que alegria não era nome incipiente,
Quando vinha o riso, o coração, alegrar,
E havia sorriso espontâneo, frequente,
E o pranto de tristeza apenas fluía,
Pela desgraça dos outros, pura empatia;

Quando as falas os pensamentos expressavam,
O coração desnudava-se a outro coração,
E os dias de verão logo passavam,
Para todos os prazeres ali em expansão;
E silêncio, solidão e cuidado
Eram bem-vindos ao peito cansado...

À época, nada havia de supervalorizado...
E o contentamento que um espírito demonstrava
Era pelo outro profundamente vivenciado;
E a amizade, como um rio, brotava,
Em seu curso silencioso, constante e viril,
Pois nada resistia à sua força gentil;

Quando a noite, tempo de paz sagrado,
Era temida como a hora da despedida;
Quando a fala e a alegria cessavam lado a lado,
E o silêncio retomava sua guarida;
Sempre livre de angústia e desesperança,
Ela só nos trazia tranquila bonança.

E, quando o bendito amanhecer, uma vez mais,
Trouxe a luz do dia ao céu corado,
Acordamos e, mesmo que RELUTANTES demais,
Para o triste TRABALHO já nos tínhamos levantado;
Mas, cheios de esperança, com alegria,
Dávamos as boas-vindas ao ressurgido dia.

O Consolo

Embora desoladas as florestas, e úmido o chão,
Com folhas caídas, densamente espalhadas,
E frio o vento que sopra então,
Com lamúrias selvagens, desanimadas;

Sei que HÁ um teto amigável,
Das rajadas do inverno vai me abrigar;
Há um fogo, cujo brilho afável,
Das minhas andanças vai me aliviar.

E, assim, aonde quer que eu vá, e mesmo parado,
Olhares frios e estranhos encontram meu olhar;
E, mesmo que meu espírito na aflição se veja afundado,
Despercebido aumenta meu irrefletido suspirar;

Embora a solidão, que há muito continuo a suportar,
Logo destrua da juventude as alegrias,
Torne o júbilo um estranho ao meu linguajar,
E obscureça o apogeu dos meus dias;

Quando pensamentos gentis, que continuam avante,
Desanimados, para o meu peito parecem passar;
Sei que existe, embora muito distante,
Um lar, onde coração e alma podem descansar.

Lá se encontram mãos mornas, e às minhas se entretecem,
Não haverão de desmentir o coração mais quente;
Enquanto a alegria, a verdade e a amizade resplandecem
Em olhos sinceros, em boca sorridente.

O gelo que ao redor do meu coração mora
Pode enfim derreter; e, então, docemente,
As alegrias da juventude, que partem agora,
Virão alegrar minha alma novamente.

Mesmo que eu viaje para longe, essa reflexão
Será minha esperança, meu conforto, em todo lugar;
Enquanto em mim permanecer tal habitação,
Desespero meu coração não há de encontrar!

Linhas Compostas em um Bosque Durante um Dia de Vento

Minha alma está desperta, meu espírito está voando,
As asas da brisa muito alto vêm-na carregar;
Acima e à minha volta, o vento bravio está berrando,
Despertando, para a terra e os mares arrebatar.

A grama longa e seca ao sol está brilhando,
As árvores nuas os galhos para o alto a jogar;
As folhas mortas abaixo alegremente dançando,
As nuvens brancas pelo céu azul a disparar.

Gostaria de poder ver como o oceano está transformando
A espuma de suas ondas em redemoinhos, a borrifar;
Gostaria de poder ver como as orgulhosas ondas vêm se lançando
E, hoje, o rugido selvagem de seus trovões escutar!

Visões da Vida

Quando meu coração afunda em tristeza desesperançada,
E a vida nenhuma alegria me pode mostrar;
Contemplo uma tumba escancarada,
Onde caramanchões e palácios deveriam estar.

Em vão você fala de um sonho taciturno;
Em vão você diz, sorrindo alegremente,
Que o que para mim parece tão soturno
À mente sã parece festivo, resplandecente.

Também já sorri e, a você, pensei igual,
Mas sorri loucamente, falsamente julguei:
A VERDADE levou-me à visão atual...
Agora, acordo... foi ENTÃO que sonhei.

Há pouco, admirei um céu poente
E, ao contemplá-lo, fiquei extasiado;
Tão variados tons de tinta reluzente,
De início, nuvens felpudas de brilhante dourado;

Tal rubor adquiriu um tom rosado;
Sob ele, uma inundação de verde reluzia;
Não menos divino, o azul iluminado,
Que, logo acima e entre eles, sorria.

Não consigo cada lindo tom nomear;
Quanto brilhavam não sei dizer;
Mas, um a um, vi-os zarpar;
E, então, o que vi permanecer?

Nuvens opacas, de tom sombreado,
E, quando acabou sua emprestada magia,
O céu azul também fora ocultado,
Que antes tão suave e brilhante sorria.

Assim, pelo brilho da juventude dourada,
Nossa vida bela alegre há de se mostrar;
E apenas restará a verdade nua, devassada,
Quando aquela luz falsa por fim acabar.

E por que então culparia você, visão mais aguçada,
Que vê um mundo de desgraças com facilidade
Através de toda névoa de luz dourada
Que, ao seu redor, lança a lisonjeira Falsidade?

Quando a jovem mãe desata a sorrir
Para o querido primogênio de seu coração,
Seu peito, com sincero amor, começa a luzir,
Ao passo que rolam lágrimas de pura emoção.

Sonhadora apaixonada! Não tem como saber
O trabalho ansioso, o sofrimento,
As esperanças destruídas, a dor a arder
Que trarão seu objeto de encantamento.

Seus olhos, agora, não podem ver
O que, cedo ou tarde, será sua condenação;
A angústia que sua fronte há de obscurecer,
O leito de morte, o sombrio caixão.

Como também pouco sabe o jovem par,
Em amor mútuo, suprema bênção,
Que o cansaço, o frio desesperar
Logo dominarão o dolorido coração.

E, mesmo que permaneçam a Fé, o Amor,
(As maiores bênçãos que a vida há de mostrar),
Em meio à adversidade e à dor,
Para, com auspicioso fulgor, brilhar;

Não veem eles quão cruel a cessação,
Seus corações amorosos separados;
Não sentem agora a ofegante respiração,
O arrancar dos corações à terra aprisionados...

Da alma e do corpo, o sofrer,
Antes que possam, enfim, repousar.
O triste sobrevivente não pode ver
O túmulo sobre sua amada se fechar;

Nem sozinho, desesperado,
Deve ele então continuar sua vida;
E assim permanece, trabalhando adoentado,
Lentamente afundando em decaída.

* * * * * * * * * * * * * * * * * *

Ah, a Juventude pode com paciência ouvir,
Enquanto a triste Experiência vem sua história contar,
Mas a Dúvida permanece em seus olhos, a sorrir,
Pois a ardente Esperança há de imperar!

Ele ouve como morre o débil prazer,
Pela culpa, pela dor, pela angústia destruído, enfim;
Volta-se, então, à Esperança... vem ela responder:
"Não acredite nisso... não se passa assim!".

"Ah, não lhe dê atenção!", diz a Experiência;
"Assim sussurrou ela pra mim certa vez;
Disse-me ela, em minha adolescência,
Quão glorioso seria o auge da madurez.

Quando a primavera, por fim, começou,
Os ventos sopravam uma brisa gelada,
Disse ela, e cada dia que então chegou
Trazia céu mais belo, mais suave rajada.

E quando o sol brilhava raramente,
O céu encoberto, sombrio, o cenho cerrava,
A chuva torrencial caía constantemente,
E lúgubre névoa ao redor se agrupava;

Disse-me ainda, o raio glorioso do verão
Havia de afugentar toda aquela turvação
E glórias derramaria;
Com a mais doce música as árvores haveria de saturar,
E com rico perfume a brisa suave, por fim, iria carregar,
E, no chão, flores espalharia."

Mas quando, sob aquele raio causticante,
Eu definhava, com o dia estafante,
Enquanto os pássaros se negavam a compor,
A verdura dos campos e das árvores decaía,
E a Natureza ofegante, comigo se condoía
Com o fim da primavera, do frescor.

"Espere um pouco", disse ela, enfim,
"Até que os dias ardentes do verão cheguem ao fim;
E o outono seja restaurado,
Com suas próprias riquezas douradas,
E que as glórias do verão sejam atenuadas,
O tal frescor por você deplorado."

E muito esperei, mas inutilmente:
Aquele frescor não voltou novamente,
Embora tenha passado o verão,
Embora as névoas outonais continuassem a persistir.
A natureza decaída só fez exaurir
E afundou, em degradação.

Até as rajadas de inverno soprarem em profusão
Através das árvores nuas... e eu soube, então,
Que a Esperança era um sonho, nada mais.
E assim ela me enganou, meu jovem afável,
E a você também se mostrará falsa, é inegável,
Mesmo que suas palavras pareçam suaves demais.

Duro profeta! Chega de terrível precedente...
Você não pode apagar o fogo ardente
Que aquece, da juventude, o coração.
Ah, deixe, enquanto pode, sua animação correr,
E gentil, suavemente, por fim morrer...
Resfriado pelos rigores da exatidão!

Diga-lhe que a terra não é nosso descanso final;
Que sua alegria é vazia... no máximo, banal;
E aponte para o céu, além.
Pois raios de luz podem até nós chegar;
E que espere que o caminho MAIS DURO possa alegrar:
Não o faça voar, porém!

Embora a esperança possa alegrias prometer,
Esse tempo tão cruel não há de se satisfazer;
Ou se elas vierem, por fim,
Nunca as encontraremos puras, imaculadas...
Dolorosas, talvez, ou logo arruinadas,
Elas desaparecem, empalidecem, enfim.

A PRÓPRIA esperança, no entanto, lança um fulgor
Sobre todas as nossas angústias, o nosso labor;
Ao passo que a sombria e agourenta preocupação
Mil males muitas vezes há de pressagiar,
Quiçá a Providência não queira causar
Sofrimento ao trêmulo coração.

Ou, se acaso vierem, parece-nos que nossa aflição
É, frequentemente, mais leve que nossa inquietação
E, com muito mais bravura, suportada.
Então, tratemos de não aumentar nossa desventura,
Mas, mesmo à meia-noite, na hora mais escura,
Esperemos a nascente madrugada.

Só porque a estrada é longa, acidentada,
A canção da cotovia deve ser desprezada,
Mesmo alegrando a trilha do caminhante?
Ou pisoteadas, com pés imprudentes,
As folhas brilhantes, doces e sorridentes,
Só porque apodrecerão mais adiante?

Passar por cenas agradáveis sem notar,
Porque a próxima é triste, sombria;
Ou de um céu sorridente não desfrutar,
Porque uma tempestade se anuncia?

Não! Enquanto viajamos, em nossa direção,
A cada coisa adorável um sorriso devemos dar;
E sempre, à medida que morrem, então,
À memória e à esperança vamos nos apegar.

E, embora flua aquele rio aterrorizante
Diante de nós, quando a jornada terminar,
De todos os infortúnios do caminhante,
Talvez o mais temível seja o último... Sem recuar!

Mesmo gelado, profundo, só escuridão;
Além dele, sorri uma costa linda, abençoada,
Onde não há sofrer nem lamentação,
E para sempre nela a felicidade faz morada!

Apelo

Ah, estou tão exausta,
Embora não haja pranto derramado;
Meus olhos não aguentam mais chorar,
Meu coração da tristeza está cansado;

Minha vida é tão solitária,
Em meus dias enorme peso há,
Estou cansada de lamentar;
Até mim, você não virá?

Ah, conhecia meus anseios.
Por você, dia após dia,
Minhas esperanças se frustraram,
Atrasar assim não deveria!

A Serenata do Estudante

No meu leito dormi,
Mas meu espírito não encontrou guarida,
Pelos esforços do dia
Minh'alma cansada continua oprimida;

E, diante de meus olhos sonados,
Cada volume erudito jazia,
E não conseguia fechar suas folhas,
Dar-lhes as costas não conseguia.

Por fim, no entanto, os olhos abri,
E ouvi um som abafado;
Era a brisa noturna, vindo me dizer
Que a neve havia no chão pousado.

Soube, então, que, na montanha,
Em seu seio livre, havia descansar;
Assim, deixei meu leito febril,
E voei para você despertar!

Voei para você despertar...
Pois, se você não se levantar,
Então minha alma não poderá beber paz
Destes céus sagrados de luar.

E esse desperdício de neve pura,
Diante de mim, justo não será,
A menos que você venha sorrindo,
Amor, para vagar comigo por lá.

Acorde, então, Maria! Acorde!
Pois, se você soubesse, de leve,
Como dorme o tranquilo luar
Em meio a esse deserto de neve,

E os bosques de árvores antigas
Se ordenam em seu traje nevado,
Até que se estendam na escuridão
Da sombra do vale afastado;

Sei que você se alegraria
Por este ar revigorante inalar;
Interromperia seu sono mais doce
Para cena tão bela contemplar.

Sobre essas florestas invernais, SOZINHA,
Teria prazer em vagar, livre, desimpedida;
E não há de lhe agradar menos
Ter essa felicidade comigo compartida.

A Pomba Cativa

Pobre pomba inquieta, de você tenho compaixão;
E, ao ouvir seu gemido de lamento,
Lastimo a sua prisão,
E, com o seu, esqueço de meu sofrimento.

Vê-la preparada para voar,
Aquelas suas asas inúteis bater,
E para o céu distante olhar,
Coração mais duro que o meu haveria de derreter.

Em vão... em vão! Não pode você subir:
Confinada está pelo teto da sua prisão;
Seus finos arames seus olhos vêm iludir,
E saciam seus anseios com exasperação.

Ah, feita foi para livre vagar
Em bosques sombrios, prados ensolarados,
Muito além do agitado mar,
À vontade para errar, em climas afastados!

No entanto, se tivesse apenas um gentil companheiro,
Para alegrar seu caído coração
E compartilhar consigo seu estado de cativeiro,
Mesmo aí encontraria satisfação.

Sim, mesmo aí, se, ao ouvir com cuidado,
Fiel e querido companheiro percebesse;
Se tais olhos brilhantes pudesse ter contemplado,
Talvez de sua floresta nativa se esquecesse.

Mas você, pobre pomba sem par,
Deve gemer seu pio triste, inaudito;
O coração que a Natureza formou para amar
Deve sofrer, sozinho, aflito.

Autocongratulação

Ellen, antes não tratava de pensar
Na graça, na formosura,
Simples e caseira nos trajes,
Descuidadas face e figura;
De onde vem a mudança, então? Por que,
Agora, vejo-a tantas vezes seu cabelo alisar?
E por que sua forma jovem adorna
Com tanto cuidado, sem se cansar?

Conte-nos logo, não exaspere nossos ouvidos
Com aquele tom familiar;
Por que aquelas melodias tão simples
Insiste novamente em tocar?
"Na verdade, caros amigos, só posso dizer

Que os pensamentos infantis partiram de repente;
Cada ano traz consigo novos sentimentos,
E, afinal, os anos passam rapidamente;

E quanto a essas simples árias...
Tocá-las sempre adorei
E não me atrevo a prometer, agora,
Que nunca mais as tocarei."
Eu respondi... e isso foi o suficiente;
Viraram-se todos para partir;
Não podiam ler meus pensamentos secretos
Nem meu coração palpitante ouvir.

Tenho notado muitas formas juvenis
Em cujo rosto, sempre mudado,
O mais íntimo funcionar da alma
Pelo espectador seria facilmente traçado;
O olho tagarela, o lábio inconstante,
As faces rosadas,
A testa sorridente, ou turva,
Falam de sensações variadas.

Mas, graças a Deus! Podem olhar para mim
Por horas, e nunca devem atinar
As mudanças secretas de minh'alma,
Da alegria ao mais profundo pesar.
Ontem à noite, quando estávamos ao redor do fogo
Conversando alegremente,
Ouvimos, lá fora, passos se aproximado
De alguém que conhecera previamente!

Não houve tremor em minha voz,
Em minha face, nenhum rubor,
Nenhum brilho maior em meus olhos

Demonstrava esperança ou fulgor;
Mas, ah, meu espírito queimou por dentro,
Forte e rápido bateu meu coração!
Ele não se aproximou... apenas partiu...
E com ele se foi minha satisfação.

Ainda assim, meus companheiros nada notaram:
Minha voz continuava igual;
Viram-me sorrir, e, no meu rosto,
De tristeza não se viu nenhum sinal.
Mal conheciam eles meus pensamentos ocultos;
E NUNCA haverão de saber
A angústia dolorosa do meu coração,
A angústia que não para de arder!

Flutuações

E se o sol tivesse meu céu abandonado;
Para do desespero me salvar,
A bendita Lua no céu despontado,
Para ali serenamente brilhar.

Observei-a, com um olhar choroso,
Sobre a colina subir com lentidão,
Enquanto no horizonte escuro, nebuloso,
Brilhava seu fraco e frio clarão.

Pensei que raios tão pálidos, inanimados,
Nada daquilo ao meu coração traria
Os brilhos do sol, mais breves e entusiasmados
Que me alegraram durante o dia;

Mas, quando por sobre aquela névoa fechada,
Ela então se ergueu, brilhando com mais intensidade,
Senti sua luz em minha alma nublada;
Mas, agora... Foi-se sua claridade!

Vapores espessos roubaram-na da minha visão,
E ali fiquei, sem mais nada,
Tudo coberto pela noite fria, pela escuridão,
De luz e esperança despojada;

Até que uma pequena estrela, pus-me a pensar,
Brilhou com raios trêmulos, enfim,
Para com sua luz distante me alegrar...
Mas mesmo ela passou, por fim.

Logo depois, um meteoro terrestre brilhava
E iluminava a escuridão além;
Sorri, mas tremia enquanto olhava...
Pois logo depois desapareceu também!

E a noite caiu, mais sombria, mais fechada
Sobre meu espírito, finalmente...
Mas que será essa luz tênue, agitada?
Será a Lua novamente?

Céu gentil! Aumente esse brilho prateado
E peça que se afaste a cerração,
Por fim, faça seu raio celestial suavizado
Restaurar meu fraco coração!

POEMAS DE CURRER BELL

(CHARLOTTE BRONTË)

O Sonho da Esposa de Pilatos

Apaguei a luz e nas trevas adormeci
E cada membro fatigado ouvi tombar,
Misturado ao meu sono, logo reconheci
Acordando-me, na parede oposta escapar
Um clarão contra minha cama, um brilho bisonho,
Estranho, fraco, confundindo-se com meu sonho.

Apagou-se, então, e vi-me envolta por breu estarrecedor;
Quão longe ainda iria a noite, quando viria por fim o dia
Tingir novamente o crepúsculo e o ar com seu esplendor,
Quando com raios quentes e fecundos o vazio preencheria?
Quando o sol claro e vermelho sobre a montanha premente
Se espalhasse por completo, então poderia dormir novamente.

Chamaria minhas irmãs, mas seu sono interromper
Por conta do meu perdido seria tremenda injustiça;
Elas trabalharam o dia todo e fizeram por merecer,
Que possam olvidar o labor em meio à preguiça;
Que eu suporte com paciência minha vigília febril,
Grata por não compartilharem comigo deste ardil.

Ah, mas um raio apenas de luz poderia tranquilizar
Meus nervos, meu pulso, mais que meus esforços merecem;
Minha cortina fecharei, os céus hei de consultar:
As tremeluzentes estrelas da noite esquálidas parecem
E selvagens, inquietas, estranhas, mas nada mais incrível
Do que este meu leito, do que este medo indescritível.

Trevas por todo lado, de leste a oeste uma grande nuvem,
Os céus ocultos estão, mas se vê luz na terra;
Tochas ardem em Jerusalém, e um brilho sobrevém
Um brilho sinistro, por sobre aquela serra.
Vejo homens ali estacionados e lanças reluzentes,
E, ao longe, invadem meus ouvidos sons estridentes.

Golpes surdos e compassados de martelo e machado
Pelas ruas, não tão altos, mas, em meio à obscuridade,
Com bastante distinção – e algo espectral e inusitado
Avoluma-se então – e marcado contra a claridade
Das pálidas lâmpadas, definido sobre aquele céu,
Ergue-se como uma coluna, reta e alta ao léu.

Tudo vejo... já reconheço o desalentador sinal...
Uma cruz no Calvário, que os judeus fazem erguer
À vista dos romanos, e quando a aurora brilhar, afinal,
Pilatos, para julgar a vítima, enfim há de aparecer...
Levem-No ao cruzeiro, a sentença então ditará,
E naquela cruz o imaculado Cristo por fim perecerá.

São os sonhos verdadeiros – assim previa minha visão,
Certamente algum oráculo veio me visitar,
Os deuses a mim escolheram para revelar sua intenção,
E acerca da guinada do destino me alertar:
Eu, adormecida, ouvi e vi; acordada, sei dos fatos,
Da morte do Cristo e da miserável vida de Pilatos.

Não choro por Pilatos... quem seria capaz de provar
Remorso por aquele cuja fria e esmagadora ação
Nenhum apelo há de mover, nenhuma oração suavizar?
Quem pisa nos corações como se pisa no chão,
Mesmo com um passo incerto, sem prazer,
Nos mortos retaliação será capaz de trazer.

Forçada a testemunhar seus feitos, sentada ao seu lado;
Hora após hora, forçada a aquele rosto entrever,
E em seus macilentos traços, lê o espectador horrorizado
Uma tripla luxúria de ouro e sangue e poder;
Uma alma levada por motivo feroz, motivo insano,
O escravo servil de Roma, de Judá o flagelo tirano.

Como posso amá-lo, ter pena dele, lamentar?
Eu, que tanto minhas mãos acorrentadas torcia;
Eu, cuja visão ficou turva de tanto chorar,
Pois, embora para mim fosse brilhante e fresco o dia,
Da vida ele apagou a beleza, roubou minha tenra idade,
Ele esmagou minha mente, destruiu minha liberdade.

E embora ainda seja sua esposa, neste instante,
De minha parte não resta para ele mais nenhuma bondade
Do que para qualquer outro criminoso tratante;
Ainda menos, porque da sua casa conheço a intimidade...
Vejo-o tal como é — e sem nenhuma ilusão;
Pelos deuses, minha alma abomina sua visão!

Ele não procurou minha presença, de sangue tingido –
Sangue inocente e justo, descaradamente derramado?
E por acaso à sua rubra saudação não havia resistido?
Quando, como antes, toda a Galileia tinha mergulhado
Em um luto sombrio... em uma dolorosa aflição,
Misturando com seu sangue sua própria oblação.

Veio ele então... em seus olhos um sorriso de serpente,
Em seus lábios, alguma palavra falsa e carinhosa,
E pelas ruas de Salem ressoava de repente
Sua espada assassina, profanadora e tinhosa;
E eu, vendo um homem a outro tamanha dor causar,
Estremeci de raiva, sem nenhum medo de extravasar.

E agora os invejosos sacerdotes judeus com Jesus aparecem –
Aquele a quem chamam de seu rei em pura zombaria –
Para que, com poder sombrio, sua vingança por fim comecem;
E, junto do perverso réptil, causando na inocência avaria.
Ah, se eu pudesse a proposital destruição evitar,
E a cabeça inocente de uma dor cruel preservar!

Agora o coração de Pilatos acessível ao medo está,
Como as folhas no outono, recairão sobre seu espírito agouros,
Sentir a terrível visão desta noite ele enfim poderá.
Mas seriam suas amarras desatadas, voltariam à sua vida louros
Caso não prevalecesse aquele amargo sacerdócio,
E diminuísse o terror de seu perverso negócio.

Porém, se eu o sonho contar... Permitam-me fazer uma pausa.
Que sonho, afinal? Antes, quando eram claros os personagens,
Gravados em meu cérebro – subitamente desconhecida causa
Obscureceu, arrasou os pensamentos, e agora vêm as imagens,
Como um vago remanescente de alguma cena que pereceu...
Não do que há de vir, mas do que há muito tempo aconteceu.

Muitas coisas sofri... e certamente ouvi profecias,
Terrível condenação para Pilatos – persistentes desgraças,
Climas distantes e bárbaros, onde as montanhas frias
Construíram uma solidão de neves cheias de ameaças,
Onde ele, lado a lado com lobos terríveis, rondava,
Onde com fome viveu... Onde, pensei, a morte o acompanhava;

Mas não por conta da fome, nem por padecimento;
Ao seu redor vi a neve, de sangue manchada;
Disse que por pessoas como ele não havia lamento,
Mas meus olhos já escorrem, e eis minha face molhada;
Choro pelo sofrimento mortal, pela mortal contrição,
Pelo sangue por mim derramado, pelo feito pagão.

De nada mais me lembro, mas a visão se espalhou
Por um mundo remoto, por uma era futura –
E, ainda assim, de Jesus o nome iluminado lançou
Certa luz, clareza, através da fluidez escura –
E vi também aquele sinal, sinal que ainda reluz,
Diante do longínquo Calvário, daquela Sua cruz.

Que significa o Cristo Hebreu? Desconhecidas para mim
Sua linhagem, Sua doutrina, Sua missão, mas transparentes
Sua divina bondade e Suas compassivas ações sem fim,
Como os cursos de sua vida são retos, imaculados, decentes!
O raio da Divindade que Nele se estabelece,
Toda e qualquer glória do Olimpo obscurece.

O mundo avança; Grega ou Romana liturgia
Não deve bastar à mente inquiridora;
A alma que busca exige mais pura ideologia
Que a guie em senda ascendente, retificadora;
A Religião se volta, pelos deuses esculpidos, constrangida,
Para onde arde o invisível altar de Jeová, sob sua guarida.

Apodreceu nossa fé, foi nossa água contaminada,
Nossos templos maculados, e Este homem, acredito,
Com Sua nova comunhão, sábia e branda emanada,
Veio para do trigo separar, como Ele mesmo havia dito,
Todo daninho joio; mas porventura Sua fé há de prevalecer?
E aos terrores da morte vindoura ainda sobreviver?

* * * * * * * * * * * * * * * * *

Sinto mais firme confiança, e maior esperança há
Em minh'alma, ela renasce junto com a alvorada;
Eis que vejo por sobre o Templo, no monte Moriá

Aparecer por fim aquela centelha clara e encarnada
Que tanto desejava quando trevas ainda havia;
Ah, abrindo os céus, saúdo a luz que já antevia!

Fora, nuvens e sombras! Venha logo, Sol Glorioso!
Fora, confusão mental! Venha, elevada ponderação!
A clara luz do dia ainda luta com o crepúsculo brumoso,
A alma saudosa ainda suspira em meio à hesitação.
Ah, enfim contemplar a verdade, a inspiração divina,
Como meu peito ofega, toda minh'alma se ilumina!

Hoje, o Tempo sofre com poderoso nascimento;
Hoje, desce do céu a Verdade rumo à terra;
Antes que chegue a noite, terei todo conhecimento
Que guia seguir, e o que seu caminho encerra;
Espero, tomada de expectativa e com solene apreensão,
Ouvir do único e verdadeiro Deus a divina proclamação.

Recordações

Arrumando gavetas e prateleiras trancadas
De armários e estantes, tudo bem fechado.
Com que estranha tarefa nos vimos ocupadas,
Como parece ermo o cômodo abandonado!
Quão estranha a massa de tesouros usados,

Recordações de dores e prazeres passados;
Todos esses volumes com preciosa lacração,
Impressão desbotada, e faltando douração;

Esses leques de folhas de árvores indianas...
Essas conchas carmesim, de águas meridianas...
Esses pequenos retratos, em anéis ordenados,
Outrora, sem dúvida, tão valorosos considerados;
Recordações concedidas à Fé pelo Amor,
Doravante usadas até a morte do receptor,
Guardadas agora com camafeus, conchas e porcelana,
Nas cavidades empoeiradas desta velha traquitana...

E, por longos dez anos, de repente começo a pensar:
Mão nenhuma estas antigas relíquias há de ter tocado;
E, em cada uma, lentamente, camadas acabariam por formar
Uma capa de verde e longevo mofo intocado.

Tudo nesta casa de musgo coberto está;
Tudo sem uso, úmido, na escuridão;
Nem luz, nem calor nos quartos há,
Privados por anos de fogo e lampião.

O sol entra, às vezes, no estio,
Pelos caixilhos, com raios revigorantes;
Mas as longas chuvas, junto com o frio,
Destroem as paredes, de tão penetrantes.

E lá fora tudo é hera, agarrando-se eternamente
À chaminé, à treliça, ao cinzento amuralhado;
Uma pequena rosa vermelha, brotando, dificilmente
Conseguirá pelo musgo ter seu caminho forçado.

Sem medo, a gralha e o estorninho vêm se aninhar,
Justo onde a alta torre muito alto cresce,
E apenas os ventos se aproximam, a farfalhar
As grossas folhas em que cada berço adormece.

Às vezes, muito tarde, vem-me então o pensamento,
Enquanto subo as escadas com certa hesitação,
Que alguma forma, já devendo estar no firmamento,
Ou em outro lugar pior, passará na minha direção.

Temo ver aquelas frontes,
De há trinta anos, simpáticas,
Nos velhos lugares de antes,
E, agora, tão frias e apáticas.

Vim até aqui para a janela fechar,
Quando o sol se pôs, ao entardecer,
Temendo ver minha própria alma murchar,
No caso de algo vagamente me aparecer.

Algo por demais parecido com a forma soterrada,
Daquela que certa vez daqui foi senhora;
Temendo que o luar, ou até uma sombra agitada,
Possa tomar seu aspecto, tão caro outrora.

À sua época, era dela este aposento,
Parecia-me um quarto agradável então,
Pois nenhuma nuvem de crime ou desalento,
Havia amaldiçoado o lugar com tanta desolação.

Tampouco tinha visto a imagem do luto
Envolto, naquela cama, no lençol absoluto.
Abençoada era, antes de por fim ser desposada...

Tanto em sua juventude quanto em sua valia;
Seu repouso ensolarado, sua mente imperturbada
Brilhavam em seus olhos mais que a alegria.

E, quando rica indumentária então vestia,
Cabelos claros e brilhantes ao semblante,
Via-se ali sentada, em um certo dia,
Iluminando o que se vê agora horripilante.
Sombrios eram os lambris de carvalho então;
E já antiga a velha cadeira entalhada;
Mas o que ao redor carecia de iluminação
Servia como contraste à sua face arejada;
Seu pescoço, seus braços, de tão clara cor,
Olhos de luz límpida e sorridente;
Seus cabelos macios, cacheados, puro frescor,
Joias e trajes, de um clarão radiante.

Naquele profundo recanto, reclinada,
Recostava-se muitas vezes ao entardecer,
Fitava o sol, parecia então encantada
E abençoava com o feliz olhar o dia fenecer.
Tais cenas adorava, e, em sua mirada,
O rosto evidenciava-lhe a compleição;
Com beleza e grandeza sempre enlevada,
No íntimo crescia-lhe enorme gratidão.
Mas de todas as coisas adoráveis ela amava
Uma lua sem nuvens numa noite de verão,
E eu, muitas vezes, da impaciência provava
Para ver quão longe seus deleites durarão.
Encontraria ela um tema no devaneio,
No gramado, lá onde as árvores deixarão
Penetrar seu brilho intermitente,
Ao separar os galhos subitamente,

Em meio à suave e lânguida brisa do verão.
Mas que pena! Fora deveria ela ter jogado
Aquelas puras, embora solitárias alegrias...
Enganada pela língua enganosa e desleal,
Ela ofereceu a mão e sofreu então o mal;
Jovem apagou-se, em estado oprimido, maltratado,
E morreu de tristeza em lentas agonias.

Abra aquele estojo... Veja como brilha
Esse monte de joias, que maravilha;
As pedras não perderam nada de seu polimento,
Desde o dia das bodas, da festa de casamento.
Mas veja só... naquelas pérolas, naquele pendente...
Como o Tempo manchou, descoloriu aquela corrente!
E tudo isso vi a sua filha depois ostentar:
Antes da morte, uma criança pôde ela gerar...
Uma criança cuja mãe não chegou a conhecer,
Sozinha, sem amigos, viu-se ela obrigada a crescer;
Sempre que seu passo se aproximava,
Seu pai logo dela se desviava;
E, então, uma vida impura, inconsequente
Fez dele um estranho à sua descendente:
No vício mergulhado, ele pouco se importava
Com o que ela fazia, ou como se virava.
O amor que ela nunca buscou foi-lhe negado,
Sem amor cresceu, aprendeu o não ensinado;
E a vida interior do pensamento foi seu legado.
Legado que logo lhe foi entregue,
E não sei se a completa falta de amizade
Por vezes não lhe causasse ansiedade,
Mas isso talvez ela me negue.
As estantes de livros eram seu tesouro querido,

E raramente ela parecia ver o tempo despendido,
Contanto que pudesse ler sozinha.
Também amava ela a floresta sombria
E, muitas vezes, como sua mãe fazia,
Para lá longe se dirigia,
E, como a mãe, o poente observava,
E via cada nova estrela que despontava,
No céu que escurecia.
E naquela colina lá longe haveria ela de permanecer
Até que a luz das estrelas fizesse a noite estremecer;
E mesmo então, no caminho de volta para casa,
Seu longos e demorados passos iriam divagar
E só muito depois a sombria floresta abandonar,
Através da qual a sinistra trilha se embasa.
Pergunta você se ela tinha a graça da beleza?
Não sei responder, mas rosto com mais nobreza
Jamais foram meus olhos capazes de ver;
Uma inteligência muito sagaz e refinada,
E, ainda melhor, uma percepção irrefutada
Seu semblante expressivo fazia transparecer.
Não havia, porém, nenhum brilho, nenhum vicejar,
E apenas em breves instantes, esporádico brilhar,
Em seus olhos um ardor
Que acendia em suas faces uma espécie de recato,
Quente como de um céu carmim o rubor imediato
E com rápido vigor.
Tampouco sua fala representava comum linguagem,
Sem desejo de brilhar, nem de passar aprendizagem,
Nada disso tentavam suas palavras manifestar:
Costumava ela começar com adequação,
Mas, muitas vezes, a força da persuasão
Vinha prontamente aos seus lábios lhe ajudar;

Sem mesmo perceber, linguagem e voz eram alterados,
E seus pensamentos, em outras palavras, organizados,
Decantava então sua alma fervorosa
Nos corações daqueles que a ouviam,
E força e ardor transitórios se moviam
Nas mentes, por conta da força ociosa,
Porém, em meio a alegres grupos, no brilho festivo,
Grave era seu semblante, e seu ar mais sugestivo;
A não ser a sós comigo, ainda assim muito raramente,
Aquele sentimento fervoroso resplandecia livremente;
Ela não amava olhares de admiração,
Nem mesmo elogios sem moderação,
Nem tampouco atenção, se muito penetrante
O observador curioso examinava seu semblante,
E a própria extensão da viçosa natureza teria revelado
O mundo, os prazeres que ela valorizava;
Na encosta livre de uma colina, no campo ensolarado,
Naquele profundo recanto, pelos bosques ocultado,
Onde crescia, selvagem e fresco, o que ela apreciava,
Mas, da Natureza, os sentimentos repousavam
Naquela couraça tão jovem e dotada;
Guardados no coração, do dia se ocultavam,
E invisíveis ardiam, como uma chama calada.
Na primeira busca da juventude por clareza,
Ela viveu apenas para aprender e meditar,
Mas logo viu-se capaz, ao atingir a madureza,
Por tarefas mais fortes ansiar e aspirar;
E mais forte tarefa atribuiu-lhe o destino,
Tarefa que a força de um gigante poderia exigir;
Muito sofrer, sem nunca atestar desatino,
Acalmar-se em meio ao êxtase e para a dor sorrir.

Lívida com a secreta guerra de sentimentos,
Corajosa, sustentou-se, muda, mas elevada;
Revelando apenas, dos vertentes ferimentos,
Nada mais que os olhos e que a face alterada;

Em silêncio suportou... mas quando a paixão
Em sua alma surgiu, com vibração incessante,
A tempestade finalmente trouxe a desolação
E a expulsou de seu recanto no mesmo instante.

E, ainda em silêncio, sem demora foi ela reunir
Os resquícios da força que sua alma preservava;
Pois, embora o corpo não parasse de fremir,
A mente invencível, acovardada, aviltava.

O mar atravessou... Agora, sozinha, perambula
Pelas águas do Reno, ou do Arno, ou do Sena;
Gostaria eu de saber se a distância é a bula
Que, por fim, sua angústia conforta, serena.

Gostaria eu de saber se algum dia, doravante,
Estes olhos nos dela lerão com o mesmo ardor,
A luz do amor acesa sempre, a todo instante,
Mesmo obscurecida em sua secreta dor.

Ela retornará, mas fria e revolvida,
Como todos cujas esperanças logo se vão;
Como todos os que venceram, sem guarida,
As amargas rajadas que destroem o coração.

Não a verei mais deitada, serenada,
No travesseiro afofado por mim;
Não mais aquela alma, de suspiros cansada,
Há de conhecer da infância o fim.

E se ela ainda seguir os caminhos da tradição,
Será com muito esforço, com muita diligência;
Apenas há de labutar pela completa reparação,
Pelo preenchimento do triste vazio da existência.

E, ah, cheia, bastante exausta, cansada,
Sua mão pausa fará, sua cabeça há de pender;
Essa tarefa parece tão árdua, uma maçada,
Sem deixar qualquer esperança transparecer.

A pálida tez do tempo e da tristeza há de trazer
Cinzas sombras aos seus cabelos escuros e macios;
Chega então o dia que o amanhã não vai conhecer,
Fazendo a morte suceder aos longos desvarios.

Assim fala a experiência, sábia, cheia de razão;
Conheço-a bem, vejo-a claramente,
Como alguém que, depois de ler uma narração,
Pode dela contar cada incidente.

Não toque nesse anel; era do genitor
Daquela criança abandonada;
E nenhuma relíquia sua há de compor
Salvação à memória infectada.

Eu, que junto à sua esposa morta fui me sentar,
Eu, que desde o início a sua filha amava,
Poderia os mortos amaldiçoar, e também culpar,
Pela desgraça que a inocente amargava.

Pelos céus amaldiçoado... encontraram-no prostrado,
Por fim, o crime tornou a ira abundante,
O punhal do suicídio, frio, nele afundado,
Do desespero, o punho tenso, inquietante.

Tudo aconteceu perto daquela cabana abandonada,
Que, na floresta, encontra a decadência,
A lâmina da Morte atingiu-lhe a raiz, autoempunhada,
Extirpando sua atormentada existência.

Logo ali, onde três negras árvores, erguendo
Seus galhos, acabaram por tombar,
E, incessantes como os mares, gemendo,
A cada brisa que passa, continuam parecendo
Os efeitos do sangue contar.

Chamaram-no de louco, e sua ossada jaz
Junto a mais sagradas cinzas;
Mas, não duvide, só gemer sua alma faz
Nas eternas e infernais ojerizas.

Mas eis então a noite, e a terra há de cobrir,
Infectando os pensamentos com escuridão;
Ora, esforcemo-nos para a alegria reunir
Onde um fogo claro e tranquilo reluzir
Em algum recinto com mais animação.

O Testamento da Esposa

Fique quieto... uma palavra, um sopro pode quebrar
(Enquanto a brisa leve agita um lago a dormitar)
A calma vítrea que aquieta meu pesar...
O doce, profundo, o completo repousar.
Ah, não me deixe, seja sempre assim
Mais do que a própria vida para mim!

Sim, perto de ti deixe-me ajoelhar...
Dê-me sua mão, para que eu possa provar
Que o amigo tão veraz, experimentado, querido,
De fato perto está do meu coração o escolhido;
Não ouse proibir-me... esta ocasião divinal
Só a mim pertence... é minha, afinal.

Ao lado de seu lar é que você está sentado,
Depois de longa ausência... errante para todo lado;
Aquela com quem se casou em seus olhos percebe
E uma promessa de céu sem tormenta logo concebe;
Pois a fé e o amor verdadeiro centelhas tecem
Que, em resposta, em sua visão resplandecem.

E... ora, essa única lágrima pode tombar;
Ou dez mil, fazendo minha mirada lembrar,
Que de suas íris escorreram, chegando a encobrir
De momentos de tristeza o que acaba de surgir,
Ora, então, fale-me de amor no presente;
Porque eu, ah... amo você, sinceramente!

Sorria, então... estamos felizes, já era hora!
E de onde vem a tristeza que demonstra agora?
O que está dizendo? "Devemos novamente,
Em breve, ser separados pelo continente!"
Disso não sabia... e essa ideia me era estranha
Que seus passos se afastariam da Grã-Bretanha.

"Ordens expressas!" É justo... é verdade;
A menor de suas palavras é sinal de lealdade,
Nem a pedido, nem ao mais fraco suspirar,
Ousaria eu tentar seu propósito contestar;
Mas, William, ouça meu voto formal...
Ouça bem!... Com você, parto, afinal!

Disse você: "Distância e agonia?"
"Perigo à noite, e labor de dia?".
Ah, nunca use termos inúteis e insanos;
Ouça bem! Com você, cruzarei oceanos.
Dos riscos que você há enfrentar, desafiar,
Eu... sua esposa fiel... vou logo partilhar.

Passiva, sozinha em casa, eu não definharei;
De seus esforços e seus perigos desfrutarei;
Conceda-me isto... e será então recompensado
Pela devota ajuda de um coração acalorado:
Ao concedê-lo, com este beijo complacente,
Entrou em minh'alma felicidade crescente.

Grata, William, grata! Seu amor é alegria,
Pura, imaculada e sem nenhuma avaria;
Não se trata de paixão pérfida e ofuscada,
Estimula, inspira, torna a mente focada;
Sinto-o por isso todo digno de ser
Amado com meu perfeito poder.

E esta noite pode agora fluir sem obstrução,
Acesa pelo alegre brilho de nossa clara afeição;
E o medo que inibe a paz da despedida,
Avisa nosso coração da hora da partida;
Pois o destino já admite o decreto da minha alma,
Que com você eu esteja... no tormento e na calma!

O Bosque

Falta pouco, e, então, o repouso premente!
Bom, ainda resta uma hora do dia,
E será longo o esplendor desse Poente
Iluminando a nossa tortuosa via;
Sente-se um pouco neste bosque, então...
Tão grande é aqui a solidão,
Que qualquer um tardaria.

Essas raízes maciças fornecem assento,
Que parece feito para o viajante cansado.
Descanse ali. O ar flui suave ao relento
Aqui neste ponto da floresta afastado,
O aromas das flores se espalha por todo canto,
Extraindo do chão o orvalho, tal como pranto;
E como é doce esse ar perfumado!

Sim, estava cansada, mas não de coração;
Não... este bate cheio de contida ternura,
Porque agora tenho minha própria porção,
Um enorme misto de ação e aventura;
Lançada junto a você neste mundo vasto,
E, por fim, todo meu esforço vi gasto,
Em um propósito de brava conjuntura.

Mas... você disse que espiões vêm nos espreitar,
São nossos objetivos tal como conspiração?
Acaso nem mesmo nossa casa inglesa, nosso lar,
Pode vir a ser o nosso porto de amarração?
Nosso sangue corre então o risco de manchar
Algum ermo bosque e, assim, avermelhar
A lâmina da traição?

Disse você, onde quer que havemos de pousar,
Em cada fazenda solitária, cada ermo salão
Da Nobreza Normanda... antes do despertar
Todas as suspeitas devidamente cairão.
Quando o dia retornar... toda segurança
Haverá de presidir e zelar pela França.
E tais rigores a tudo governarão?

Nada temo, William, e quanto a você?
A fim de que a lâmina não se divida,
Talvez paire ao redor, e ninguém vê:
Jamais estremeceria junto à sua vida,
Amor extenuante... como o que por você sinto...
Contra a traição é como forte escudo distinto,
Amainando a investida.

Estou decidida que você haverá de aprender
A confiar em minha força, como na sua tenho confiado;
Estou decidida que nossa alma há de arder

Com semelhante brilho, firme, forte e amalgamado;
Parte do campo está conquistada, afinal,
Nossas vidas, fluindo no mesmo canal,
No mesmo percurso, para sempre alinhado.

E, enquanto nenhuma tormenta é ouvida,
Você parece contente, como deveria ser então,
Mas tão logo uma nota de alerta seja sentida...
Sua fronte prontamente se enche de inquietação
E dobra-se por sobre mim, como sombrio efeito,
Pondo em dúvida se acaso tenho o poder perfeito
Para atravessar em segurança os dilúvios da aflição.

Saiba então que é meu espírito que dilata,
E bebe, com ansiosa alegria, o ar
Da liberdade... onde afinal ele habita,
Reservado, uma tarefa comum a partilhar
Com você, e alerta, ele se agita então,
Buscando aprender que sua devida atenção
Exige de você o que ameaçou machucar.

Lembre-se, foi com você que cruzei as profundezas,
E com você postei-me no convés, olhava
Temíveis ondas erguendo-se como fortalezas,
Enquanto uma névoa estagnada pairava,
Misturando céu e mar em confusão,
Iludindo até mesmo do piloto a visão,
Que no rochoso labirinto se embrenhava...

Na costa da Bretanha, perigosa e fendida,
Tentando, assim, conduzir nosso bando.
Levou-nos até uma parte obscura e perdida,
Como vítimas na praia, acabou nos jogando...

E todos então vislumbraram a espada gaulesa,
Sem parada, os botes acabaram na correnteza
Ao largo desse chão chegando.

Nada temia antes... tampouco agora me assusto;
O interesse de cada cena instigante
Desperta brilho acolhedor, sentido novo e justo,
Em cada nervo e cada veia saltitante;
Como no Canal da Mancha, em aquoso furor,
Ou no bosque normando, no calmo verdor,
Sinto-me nascida neste instante.

A chuva caiu naquela manhã selvagem
Quando, na enseada, ancoramos, afinal
Nosso bando, exausto e sem paragem,
Como velhos marujos lançados na costa virginal...
Procurou um abrigo, um teto em vão,
Obtendo apenas escassa alimentação
Para quebrar nosso jejum matinal.

Suas migalhas comigo você dividiu,
E cobriu-me então com seu manto;
E, sentada ao seu lado, sem um pio,
Comi em paz o pão, cheia de encanto:
Pão que me deu sua mão, tão doce
Como iguaria ou nobre regalo fosse
Servido em bandeja real, nobre recanto.

Em meu rosto, o granizo com força soprou,
E erguendo-se o terrível ar da tempestade,
Sem demora às tormentosas ondas arrastou
Nosso bando, que passara por aquela potestade;
Mas, apesar do temporal, do aguaceiro temido,
Junto a você, meu coração bate aquecido,
E, tranquila, adormeceu minha vontade.

Agora, então... nem pé dolorido ou cansado
De tanto andar por todo esse dia de agosto,
E neste breve pouso do paraíso tenho saboreado,
Esta parada cigana de que o caminho é composto.
As flores silvestres da Inglaterra são algo a contemplar,
Assim como o orvalho inglês é um bálsamo a apreciar,
E como seu poente, de ouro, dá gosto.

Mas o tipo de violeta branca que aqui cresce
É de um dulçor jamais visto, inebriante,
E o orvalho, tão puro e limpo que do alto desce,
Destila-se nas verdes florestas adiante,
Como agora, incitado pelo calor,
Enchendo nosso retiro de frescor...
Em meio a essa mata fragrante.

Olhe debaixo dos galhos, que belo fim de dia!
Por sobre o arvoredo... muito além do monte;
Tão suave, mas ainda quente e intenso irradia,
E o céu difunde-se ricamente pelo horizonte;
Com nuances em que os tons da opala se detêm,
E seu fulgor de fogo cativo se mantém,
E em que a chama traz o azul defronte!

Partamos agora... Rápido haverá de escurecer
Esse solene resplendor de decadência,
E profunda a sombra consequente há de ser,
E só as estrelas brilharão nessa cadência;
Nem a pálida lua deverá ser admirada
Em dia como aquele da Fênix queimada,
Que no fogo perece em aparência!

Pronto... atravessamos de novo de mãos dadas
Os labirintos desse bosque cambiante,
E logo, em meio às planícies cultivadas,

Cingidas de solidão tão abundante,
Devemos nosso local de descanso avistar,
Marcado por uma viga mestra sem par
Naquele pobre casario logo adiante.

Nutridos com rústica comida, em breve iremos
Buscar um leito para sem sonhos repousar;
A coragem há de guardá-lo do medo que temos,
O Amor uma paz divinal há de me abastar:
O amanhã traz perigosa labuta,
Por meio do conflito e da luta
E, como quer Deus, havemos de passar.

Frances

Temendo os sonhos, ela não descansa,
Mas, já de pé, sua cama inquieta vai abandonar
E em meio a raios nebulosos avança,
Raios que pelo saguão vão se alastrar.

Obediente aos ferrões da aflição,
Seu passo, ora rápido, ora lento,
Em movimentos variados buscam atenuação
Das Eumênides do tormento.

A intervalos, torcendo as mãos...
Mas tão muda quanto um fantasma inseguro...
Ela desliza ao longo de sombrios corrimãos,
Sob as vigas de carvalho negro e escuro.

Da torre gradeada o ar fechado
Sufoca um coração que mal chega a bater,
E, embora tarde, quase o dia encerrado,
Seus pés errantes devem o passo manter;

E, à frente, por sobre a calçada
Diante do frontão cinza da mansão,
Seus passos imprimem a geada,
Que jaz, pálida, no granito, no chão.

Pouco tempo ficou onde a lua enevoada,
Junto às estrelas cintilantes, vê-la podia,
Mas, através do arco da alameda ajardinada,
Tomou, então, estranha e sombria via.

E um pinheiro, da torre contemporão,
Com galhos escuros sobre ela estendidos;
Invisível, sob o negro caramanchão,
Farfalhava-lhe o vestido e os passos compridos.

Sob aquela sombra uma alcova havia,
Rústico assento e bancada ocultando;
Cansada, sentou-se, e na testa que ardia
Pousou, então, sua mão queimando.

Para a noite, para a longa solidão,
Alguns murmúrios ela agora articulou;
E, por seus dedos pálidos, então,
Algumas lágrimas de tristeza derramou.

"Que Deus me ajude em minha necessidade,
Que Deus me ajude em minha dor interior;
Aquela que não pode implorar por piedade,
Aquela que não tem licença pra se opor,

Aquela que tanto suportou será ainda capaz
De por horas, dias aguentar esse peso constante...
O jugo desse desespero contumaz,
Esse sofrimento totalmente desgastante?

Quem pode esmagar para sempre o coração,
Conter sua pulsação, refrear sua vida?
Dissimular a verdade com incessante aptidão,
E com calma externa ocultar a íntima ferida?"

Ela esperou... como se houvesse explicação aparente,
A noite calma e nublada nada lhe dava;
E em pouco tempo, com um suspiro longo, fremente,
Seu pesado lamento recomeçava.

Sem amor, eu amo; choro, sem chorar;
A tristeza, reprimo; controlo a esperança:
Fixo, profundo, inútil é esse ansiar;
Ainda mais os desejos e sonhos de bonança.

Meu amor a um novo amor não sobrevém,
Minhas lágrimas se acumulam, caem sem sensação;
Minha dor nova dor não gera em ninguém,
Minhas humildes esperanças fundem-se em negação.

Para mim, o universo mantém-se calado,
Surdo como pedra, vazio e cego, totalmente;
Devo apegar-me à vida, ao existir somado
E aos estreitos limites de uma única mente;

Essa mente é minha. Ah, que cela estreita;
Escura... sem imagens... viva sepultura!
Lá devo dormir, habitar, ficar à espreita
Satisfeita, com paralisia, tristeza, tortura."

Novamente pausou ela; um gemido de aflição,
E apenas se ouviu uma queixa abafada;
Seguiu-se longo silêncio... mais uma vez, então,
Sua voz agitou a meia-noite estagnada.

"É assim que tem de ser? É este o meu destino?
Não posso lutar, nem tampouco discutir?
Condenada estou a esperar por anos, em desatino,
Observando a demorada lâmina da morte cair?

E quando ela cair, quando vier então a morte,
O que se seguirá? O vazio, o nada?
A vacuidade de uma identidade sem norte?
Apenas a dor, a felicidade apagada?

Ouvi falar do céu... e nele acreditaria;
Pois se esta terra fosse tudo, realmente,
Quem mais vive muito mais sofreria;
Mais afortunado o chamado previamente.

Ah, mas deixando aqui toda decepção,
Encontrará o homem esperança na costa distante?
Esperança que na terra carece de cintilação,
E quase sempre nas nuvens perde-se, relutante.

A fonte de luz da esperança deve ele contemplar,
A fonte da fruição, em que o titubeio é expirado,
E, em ondas vivas e áureas, deve ele tragar
O pleno contentamento, há tanto desejado?

Encontrará ele o êxtase aqui sonhado?
O descanso, que na terra era exaustão?
O conhecimento, se da terra irradiado,
Apenas provaria sua falta de aptidão?

Encontrará ele amor sem da luxúria a adição,
Amor destemido, inofensivo, perfeito, puro,
A todos oferecido com igual compaixão;
E, em todos, sincero, infalível, seguro?

Será que ele, liberto do sofrimento imperioso,
Sem mortalha, sem dos vermes a contingência,
Há de se levantar e ver, todo calmo e glorioso,
O Pai da Criação... o Deus da Existência?

E, ao olhar para trás e os breves infortúnios do Tempo contemplar,
Acaso todos eles verá desaparecer, em um voo atribulado;
Varridos do repouso da Eternidade, para sempre, sem cessar,
Como uma nuvem de manchas no céu azul imaculado?

Se assim for, resista firme, meu corpo cansado;
Quando sua angústia se tornar cardinal,
Se os problemas tiverem a chama da vida queimado,
Trate de pensar no sono tranquilo, final;

Pense na hora gloriosa do despertar,
Que de tristeza e lágrimas não há de nascer,
Mas do poder da alma a resgatar,
Certo e livre de qualquer mortal temer.

Procure agora seu leito, e deite-se até a alvorada,
E então desça do seu quarto, calmamente,
Com a mente nem agitada, nem angustiada,
Mas tranquila, para esperar o fim premente.

Quando seus olhos virem por fim
Na parede do quarto, memórias
Daquela que o esqueceu enfim,
Não derrame lágrimas de fel notórias.

A lágrima que do coração brotar
Queima onde caem suas gotas corrosivas
E faz cada nervo torturado se agitar
Com a lembrança de sensações intrusivas:

Quando a doce esperança de ser amado
Lançava o sol do Éden no caminho da existência:
Quando todo sentido e sentimento provado
Trazia a expectativa de um dia com mais fulgência.

Quando a mão tremia ao receber
Um excitante aperto, que tão próximo parecia,
E o coração se aventurava a crer,
Outro coração, mais querido, o concebia.

Quando as palavras, todas ternura, metade amor,
De hora em hora eram ouvidas, de hora em hora proferidas,
Quando as horas de felicidade, todas amplidão, todas fulgor,
Apenas pelo luar da noite eram interrompidas.

Até que, gota a gota, o copo da alegria
Cheio ficou, com uma luz púrpura a brilhar,
E a Fé, que o observava, muito reluzia,
Mas sem jamais sonhar com o transbordar.

Ela não caiu com um repentino rumor
Nem transbordou como um dique temeroso;
Não, ainda cintilante, brilhando seu rubor,
Drenou, gota a gota, o suco generoso.

Vi-o afundar, e me esforcei para saboreá-lo,
Meu lábio ávido da borda se aproximou;
Meu movimento apenas pareceu desperdiçá-lo;
E, todo áspero e obscuro, até a última gota afundou.

Do suco bebi, e ele então, eternamente,
Envenenou-me tanto a vida quanto o amor;
O lago de Sodoma não poderia, certamente,
Ter água mais ardente, de tão terrível sabor.

Ah, o amor nada mais era que tênue ilusão,
A alegria, a correnteza fugaz do deserto;
E, ao contemplar essa vasta alucinação,
Minha memória capta um sonho incerto.

Mas de onde veio esse sentimento alterado
Nunca soube, e jamais serei capaz de aprender;
Tampouco sei o porquê do olhar do meu amado
Frio e nublado, orgulhoso e severo, ter passado a ser.

Não citou razão para ter esquecido toda afeição,
Ele partiu sem cuidado e com calma se retirou;
Não falou de tristeza, nem de afável contrição,
E nem mesmo um olhar de conforto lançou.

Não enviou nem palavra, nem sinal
De gentileza, desde o dia da despedida,
Para regiões distantes foi, afinal,
E sua via, contida e calma, viu-se cindida.

Ah, amarga sensação, devastadora, aguçada,
Que não enfraquece, não pode expirar,
Apresse logo sua missão desolada
E deixe meu espírito torturado voar!

Meu choro, vão como esse vendaval;
Mesmo atingida por um raio, continuo a viver;
No fundo, sei que não existe final
Para o amor, só, sem esperança, devo sobreviver.

Ainda forte e jovem, e cheia de vigor,
Mesmo ferida, crescerei palidamente;
E muitas tempestades de furioso rigor
Haverão de romper meu galho fremente.

À inércia vazia, agora insurreta,
Exige tarefas toda a força que não usei;
Viagens, esforços, labuta completa,
As únicas, últimas bênçãos que pedirei.

De onde, então, esse sonho vão, esvaziado
Da morte que está por vir, da vida sem previsão?
Vejo brilhando um farol mais acercado
Por sobre o mar de tristeza da depressão.

A própria barbárie da minha tristeza
Diz-me que ainda força inata hei de alcançar;
A trilha da minha vida é só estreiteza,
O esforço, curso mais amplo há de traçar.

O mundo não está naquela torre, lá fora,
Naquela sala, a Terra não se encontra aprisionada,
Em meio aos escuros painéis, hora após hora,
Sentei, presa da escuridão, por ela escravizada.

Uma sensação... em completa angústia transformada,
Do meu ser não é a única intenção;
Quando a vida definhar, sem amor, desamparada,
A coragem há de reavivar a paixão.

Ao me deixar, foi então ele vagar
Além-mar, para ensolarados rincões;
E eu, sem a desgraça a me pesar,
Como ele, tornei-me livre, sem grilhões.

Novas cenas, nova linguagem, céus menos nublados
Podem mais uma vez despertar o desejo de viver;
Vilarejos estranhos, estrangeiros, agitados e lotados
Novas imagens à mente podem trazer.

Novas formas e rostos, sempre a passar,
Podem ocultar aquele ainda presente,
Definido e fixo, sem nunca se ausentar,
Gravado na visão, no coração e na mente.

E podemos nos encontrar... o tempo pode tê-lo mudado;
O acaso pode tal mistério revelar,
A influência secreta que o havia afastado;
O amor dele para mim há de retornar.

Falsos pensamentos, esperanças, com desprezo sejam banidos!
Eu não sou amada... Não fui amada jamais;
Pare, então, de rememorar sonhos há pouco desaparecidos;
Traidores! Não me enganem nunca mais!

Contra palavras como as suas hei de resistir,
Foram elas que causaram minha destruição;
Somente a Deus e a mim mesma devo pedir
Consolo e confiança, e de ajuda intenção.

Chega a manhã... E, antes da glória do meio-dia,
Além de meus bosques natais, hei de sorrir,
Para trás o bosque solitário, a antiga moradia,
A tudo deixarei, já é hora de partir."

Gilbert

I.
O Jardim

Acima da cidade pairava a lua,
Por sobre um terreno cercado
Cheio de flores e pomares, cingido
Por muros altos, por todo lado:
Era o jardim de Gilbert... ali, hoje à noite,
Enquanto ele sozinho caminhava
E, cansado do trabalho sedentário,
Sob o brilho da lua meditava.

Tal jardim, no coração da cidade,
Imóvel permanecia, como natureza sem endereço,
Embora muitas fachadas tivesse, cheias de janelas
Por toda a volta, muito juntas, grande adereço;
Suas paredes eram espessas, e quem lá morava
Com o barulho não convivia;
Tanto que o bater das asas de um anjo,
Voando no tempo, logo se ouvia.

Apenas algumas notas suaves de piano
Eram tão doces quanto seu som era terno,
Ali, certamente, o lar as damas alegravam
Com suas canções naquela noite de inverno.
Os muitos sons misturados da cidade
Soavam como o zumbido do oceano;
Não acalmavam o coração, pelo contrário,
Excitavam a pulsação a um ritmo mais tirano.

Gilbert percorreu a trilha única
Em uma hora, mas não ficou cansado;
E, embora noite de inverno seja,
Ele não sente frio, não se vê abalado.
O auge da vida corre em suas veias
E faz seu sangue fluir rapidamente,
O fervor de Fancy, agora, os pensamentos
Aquece em seu peito reluzente.

Esses pensamentos remetem a um amor antigo,
Ou àquilo que o nome de amor ele punha,
Mesmo que os feitos secretos de Gilbert
Pudessem reivindicar outra alcunha.
Tal tema nem sempre sua mente absorve,
Com rapidez, ao mundo ele costuma aderir,
Vivendo demais para o presente,
A ponto de no passado existir.

Mas agora o profundo repouso da noite
Para dentro de sua alma resvalou;
Esse luar recaiu sobre a Memória,
E seu pergaminho apagado mostrou.
Uma alcunha ocupa cada linha

Raios trazem suave esplendor,
E ele ainda sorri, ainda repete
Aquele único nome... Elinor.

Não há tristeza em seu sorriso,
Nem seu tom mostra bondade;
O triunfo de um coração egoísta
Ali, sozinho, fala com frialdade;
Diz ele: "Ela me amou mais que a vida;
E, foi doce, realmente
Ver bela mulher aos meus pés, ajoelhada,
Apaixonada, meramente.

Havia uma espécie de êxtase silencioso
Em ser tão profundamente amado,
Em fitar a ansiedade trêmula
Em sentar-me imobilizado.
E como agradou ao meu orgulho conceder
Rara carícia, finalmente,
E o fervor daquela mão sentir
Com meu toque premente.

Doce foi vê-la esforçar-se por esconder
O que revelava cada olhar;
E, ao mesmo tempo, de poder munida,
Seu destino a comandar.
Jamais conheci homem perfeito
Ou divino, como pensava ela com ardor;
E eu só sabia glorioso ser
Pelo reflexo de seu resplendor;

Sua juventude, sua nativa energia,
Sua recente, neonata aptidão
Foram com a Divindade santificadas

À minha lasciva constituição.
No entanto, como um deus eu desci,
Por fim, para encontrar seu amor;
E, como um deus, então me retirei
Para meu próprio céu, sem temor.

E nunca mais poderia ela invocar
Em sua esfera minha presença;
Nenhuma oração, lamúria ou grito seu
Poderia abater minha indiferença.
Eu sabia que sua constância cega
Jamais minhas ações trairia,
E eu, com mansa lucidez, de todo coração,
Meu ameno caminho seguiria.

Às vezes, porém, ainda sinto o desejo,
Afetuosa e lisonjeira aflição
De angustiante paixão, incitar
Uma vez mais seu juvenil coração.
Brilhante era o lustro de seus olhos,
Ao verem nos meus o ardor;
Se tivesse poder, agora acenderia
Uma vez mais seu fervor.

Mas onde está ela, ou como vive,
Desconheço, não sei de nada;
Ouvi dizer que lhe afligia minha ausência,
E de casa partiu, angustiada.
Mas, à época, ocupado em ouro juntar,
Como ainda tenho agora estado,
Não poderia abandonar tal intento,
Para prantear um voto quebrado.

Nem poderia eu fatalmente arriscar
A fama por mim valorizada;
Mesmo agora, temo, a preciosa fama
Talvez esteja por demais afetada".
Um problema íntimo obscurece seus olhos,
Algum enigma ele há de resolver;
Em torno de um meio para desatar o nó,
Sua mente ansiosa há de volver.

Pensativo, ele recosta-se a uma árvore,
De frondosa e perene variedade,
Os galhos, o luar interceptam,
E escondem-no com propriedade.
Assusta-se... treme a árvore com seu abalo,
Perto dele, porém, nada incoerente;
E dispara ele pela alameda,
Com pressa repentina, diferente.

Com a mão trêmula, ele levanta a trava,
E então, apressado, atravessa o batente;
A pesada folha escorrega de seus dedos...
Trancada a porta, seu sumiço é evidente.
O que tocou, paralisou, horrorizou sua alma...
Nada demais, um pensamento agitado;
Que logo afundará como pedra em plácidas águas,
E, então, a calma retornará com cuidado.

II.
O Salão

Quente é a atmosfera do salão,
A luz suave do lampião, plácida;
As brasas vivas, pura vermelhidão,
Anunciam a noite gélida.
Há livros sobre a mesa, variados,
Três crianças sobre eles se dobram,
Todas, com olhos curiosos e ávidos,
A próxima página aguardam.

Imagens e contos, alternados,
Deliciam seus corações inocentes,
Profundo interesse, deleites moderados
Iluminam suas faces luzentes.
Os pais, junto ao fogo terno,
Contemplam a cena deleitante,
Alegria no rosto materno,
Orgulho no paterno semblante.

Quando Gilbert vê a esposa venturosa
E contempla a bela ninhada,
Ele não pensa em situação conflituosa,
Nem tampouco em rixa passada.
Da infância feliz, o falar
Balbucia em seus ouvidos docemente,
A esposa, com calmo e satisfeito olhar,
Senta-se ao lado, sorrindo gentilmente.

O fogo brilha em seu vestido de seda,
Mostrando sua graça infinita,
E suas mechas de avelã tinge a labareda,
Enroladas à volta da face bonita.
A beleza que ele cortejou na juventude
Continua viva, imaculada;
Seu humor sempre em plenitude,
Nenhuma dor tornou-a carregada.

No lar de Gilbert, a prosperidade,
Há anos, como hóspede permanece;
Nunca se vê Discórdia, Necessidade,
Labuta, Lágrimas, isso não acontece.
Os tapetes trazem a calma impressão
Dos passos suaves do conforto,
E um brilho dourado, vindo da profusão,
Em cada recanto é absorto.

O spaniel, muito sedoso, parece
Falar daquela calma serenada,
Junto aos pés da dona, ele tece
Sonhos em sua copiosa almofada.
Os sorrisos parecem nativos ao olhar
Daqueles doces rebentos;
Serenos céus só fizeram mirar,
Jamais conheceram tormentos.

Que pena! O Tormento haveria de chegar
Justo nesta ocasião;
Por que não conseguiu ele a casa evitar
Por uma maior duração?
Agora mesmo, para dentro ele avança,

Cada passo seu desliza, apressado;
Sua triste sombra sobre o chão se lança.
Junto a Gilbert já está, ao seu lado.

E tal Tormento a mão põe sobre seu coração,
Que bate em agonia sem fim;
Sua cadeira junto ao fogo treme com a trepidação
Que sacudira a árvore do jardim.
Para os filhos olha a esposa amada,
E seu semblante não nota;
A criançada, sobre os livros curvada,
De seu terror continua ignota.

Em sua própria casa, com o fogo ao lado,
Senta-se ele em isolamento,
Mesmo de luz e alegria rodeado,
Gela seu sangue o aterramento.
Sua mente se agarraria com desespero
Às cenas à sua volta;
Mudado, como pelo toque de um feiticeiro,
O presente se revolta.

Um vago tumulto... uma luta escondida,
Seus fúteis combates se esmagam;
Entre ele e sua vida desconhecida
Sentimentos desconhecidos vagam.
Ele a tudo vê... Mas a custo a linguagem pode pintar
O tecido que entrelaça a fantasia;
As palavras muitas vezes mal conseguem ressoar
Os pensamentos que a mente cria.

Ruídos, estranhos tumultos, opaca escuridão
Tanto a luz quanto o silêncio removem;
Nenhuma forma naquela sombria negridão,

Nenhuma voz naquela selvagem desordem.
Prolongada e forte, incrível detonação
Acima e ao redor dele fustiga;
Densa nuvem, esverdeada turvação
A cada momento maior névoa instiga.

Nada sabe ele... Tampouco vê claramente,
A Resistência controla seu respirar,
A brisa alta, incessante e veemente
Fria como a morte, sobre ele vem soprar.
E continua a ondulante escuridão
A zombar da vista com movimento disforme:
Foi tal sensação de Jonas a condenação,
Engolido em meio àquele oceano enorme?

Riscando o ar, a inominável visão
Flui rápida e profundamente;
Ah, de onde vem ela, qual a sua missão?
Como tais terrores acabarão, finalmente?
Indiscriminado, impetuoso, vasto e vazio
É o universo que ele devora;
E à maré voraz, de aspecto sombrio,
Segue tempestade que apavora.

Mais devagar agora; sua corrida feroz
Torna-se um deslize formal;
O impressionante rugido, o vento selvagem, algoz,
À quietude dá lugar, afinal.
E, pouco a pouco, à frente levada,
A forma caos disforme manifesta;
No turbilhão da tempestade assentada,
Diante dos olhos ela resta.

Uma mulher afogou-se... nas profundezas submersa,
Ao reclinar-se em longa ondulação;
A varredura cristalina da água dispersa,
Como vidro, sua forma em consagração.
Seu rosto pálido e morto, para Gilbert voltado,
Dormindo parece estar;
Uma luz fraca, pela primeira vez identificada,
Suas características vem revelar.

Esforço nenhum, do ar instigante,
A cena horrível poderia banir,
Presa ali, a onda flutuante,
Rolou... pulsou... mas nada de sumir.
Se Gilbert voltasse para cima o olhar,
Veria do oceano o umbral;
Se pra baixo olhasse, o interminável mar,
Verde como o prado estival.

Pouco antes, o pálido cadáver jazia,
Levado pela onda ou tragado pelo ar,
Tão perto que ter tocado o mar poderia,
Que vinha em seu travesseiro roçar.
Do semblante a angústia vazia
Levou um demônio ao lamento;
Nem a calma da morte o rastro apagaria
Do sulco profundo do sofrimento.

Tudo se moveu, e, depois, forte explosão,
A massa de águas subindo,
Trouxe onda e indolente decomposição,
Com Gilbert ainda assistindo.
Nas profundidades de seu útero, de ilhas fecundo,

Parecia o imenso oceano trovejar,
E logo, por reinos de apagão profundo,
Vidente e fantasma vieram a se separar.

As ruínas de um naufrágio foram então varridas;
E, nas ondas que resvalaram,
Na turva vitrine, algas marinhas erguidas,
Rasgadas, lentamente deslizaram.
A sombra horrível, pouco a pouco,
Tornou-se raio de luz derrotado,
E dos mares furiosos o rugido rouco,
Rápido, distante, fraco, recuado.

E tudo se foi... como névoa se ocultou,
Ilha, ondas, naufrágio, tempestade;
A criançada contra Gilbert se apertou,
Agarrando-se a ele com vontade.
Boa noite! Boa noite! ... os tagarelas gritaram,
E beijaram do pai as faces;
Os momentos de sono tranquilo chegaram
Horas de plácido descanso tão fugazes.

A mãe com os filhos permanece
Para ouvir da noite a reza;
Ela a visão de Gilbert desconhece
E sua angústia despreza.
A piedade divina o tempo abrevia, afinal,
De sua ânsia, do seu quinhão!
Mesmo que grande tenha sido seu mal:
Grande também é Seu perdão.

Gilbert, por fim, ergue a cabeça,
Que deixara cair um instante,
Não há tristeza, pavor que prevaleça

Em seu tão sutil semblante.
Pois seus sentimentos ele é capaz de controlar,
E também de comandar seu aspecto;
Suas feições seu coração há de mascarar,
Com sorrisos e modo circunspecto.

Gilbert pôs-se então a raciocinar:
Diz ele que nada daquilo é realidade;
Esforça-se para a visão interior cegar
Contra a íntima centelha da verdade.
Daquele ser sombrio piedade não sentiu,
Quando de carne e osso ainda era feito;
Tampouco a amena primavera surtiu
Em seu árido humor nenhum efeito.

"E se esse sonho falou a verdade"
Dizia ele, em meditação;
"Se Elinor estiver morta, de verdade,
Tal acaso no choque terá compensação:
Ao redor de meus pés rede foi entrelaçada,
Eu mal poderia mais longe ir;
Antes que a vergonha me pusesse em retirada,
A desonra me faria cair.

Mar calmo e profundo, cubra-a com seu manto,
Conceda-lhe secreta sepultura!
Livre estou, e ela, em paz, dorme em seu recanto,
Não sou mais escravo da tortura:
E o mundo todo me paga tributo,
Saudando minha imaculada graça,
Já que quebram as ondas, o mar hirsuto,
Por sobre sua desonrosa ameaça."

III.
As Boas-Vindas

Sobre a cidade paira a lua,
Nuvens pressagiam temporal;
Gilbert, voltando de viagem sua,
Retorna à casa nesta noite, afinal.
Dez anos passaram por sua mente,
E cada um trouxe-lhe renda;
Sua fausta vida aviou suavemente,
Sem mácula nem contenda.

Faz-se tarde... Os relógios do local
Soam doze graves badaladas,
Enquanto Gilbert bate no portal,
O grande fim de suas jornadas.
A rua está quieta e desolada,
A lua, por uma nuvem escondida;
Gilbert não quer esperar nada...
Ressoa alto sua segunda batida.

Os relógios ficam em silêncio... não há luz
Em nenhuma janela ao lado,
Nem um único planeta reluz
Nem espia do céu nublado;
O ar está úmido, a chuva não para,
O cortante vento norte a soprar;
Seu manto o viajante mal ampara...
Ninguém vem a porta descerrar?

Bate ele uma terceira vez, a derradeira,
E, agora, ouvem seu chamar.
Lá dentro uma passada, uma carreira
Ele escuta por fim se aproximar.
Levantam o ferrolho, e o ruidoso grilhão
Sobre o chão de pedra cai agora;
E Gilbert há de apertar contra o coração
A esposa e os filhos sem demora.

Aquela que levanta a trava tem à mão
Uma vela, bem diante da mirada,
E Gilbert, no degrau, vê então
Uma mulher, de branco trajada.
Vejam só! Água pinga-lhe da vestimenta
Por todo o chão a escoar;
De cada trança sua, escura e grudenta
As gotas caem sem cessar.

Na casa mais ninguém, apenas ela;
Segurando a vela elevada,
E, inerte, o corpo todo sentinela,
Queda-se ao lado, fria e calada;
Há areia e algas em seu manto,
A mirada cega, sem essência;
Nenhum pulso a bater nesse recanto,
Nenhuma vida, nenhuma existência.

Branco, pálido Gilbert então ficou,
Sem, no entanto, gritar;
Sua força de vontade ele incitou,
Para pela figura passar...
Mas, devagar, ela o encarou com altivez,

Não titubeou, nem estremeceu:
E o vigor de Gilbert, por sua vez,
Por fim, abalado, esmoreceu.

Ele caiu de joelhos e rezou,
E a forma ali continuava;
Por ajuda humana implorou,
Nenhuma ajuda se acercava.
Uma estranha voz assim repetiu
A divina lei, severa e ajuizada:
"A medida com que mediu,
Contra você será usada!".

Gilbert tomou longo impulso para saltar,
Pelo pálido espectro estimulado,
Como se houvesse demônio prestes a lhe agarrar,
A escada do saguão subiu, apressado;
Adentrou, então, seu quarto... Próximo ao leito,
Viam-se armas de fogo, lâmina desferida...
E, impelido por pavor de maníaco efeito,
Escolheu entre as armas sua preferida.

Em sua garganta, uma faca afiada,
Com mão vigorosa, desembainhou;
Larga foi a ferida... e sua vida ultrajada
Com rubor e precipitação por ela escoou.
E assim morreu morte lastimável,
Aquele sábio e mundano ser,
De egoísmo sempre indomável,
Desde o início de seu viver.

Vida

Creiam-me, a vida não é um sonho, afinal,
Tão sombrio quanto os sábios anunciam;
Muitas vezes, manhãs de temporal
Dias agradáveis prenunciam.
Há, por vezes, nuvens de tristeza,
Mas tudo nelas é passageiro;
Se a chuva traz às flores madureza,
Por que lamentar o aguaceiro?
Com rapidez, alegremente,
As horas de sol na vida escoam,
Com gratidão, ditosamente,
Aproveite-as, pois elas voam!
E se acaso a morte aparece
E a nosso Amado até si chama?
E se a tristeza por fim parece
A fé vencer, trazendo drama?
A Esperança, porém, salta novamente,
Invicta, mesmo depois de desabar;
Seu par de asas douradas continua potente,
Prestes ao nosso peso suportar.
Com virilidade, destemida,
Lida ela com qualquer provação
Pois com glórias, bem-sucedida,
A coragem derrota a aflição!

A Carta

O que ela escreve? Veja-a compor,
Quão ágeis seus dedos em ação!
Sua fronte jovem, mergulhada em labor,
Concentra-se com total devoção!
Seus cachos longos, leves, a sombrear,
Afasta-os ela com pressa e cuidado,
A faixa brilhante, sem notar, a soltar,
Desatada por seu gesto apressado.
Desliza por seu vestido de cetim,
Brilha ao cair, aos seus pés;
Despercebida, ela segue assim
Seu doce trabalho, sem revés.

A hora mais encantadora reluz
Nesse céu azul profundo;
O sol dourado de junho se reduz,
Sem capturar seu mundo.
O jardim alegre, o portão descerrado,
A estrada branca ao longe, sem par,
Em vão esperam seu passo aliviado,
Hoje ela não sai, em casa deve ficar.
Há uma porta de vidro escancarada,
Ao lado da cadeira onde está a repousar,
Dali desce ela para a encosta gramada,
Por uma escada de mármore, sem parar.

Plantas altas, floridas, exuberantes
Crescem em torno do portal;
Suas folhas e flores, sombras constantes,
Da luz solar fazem umbral.
Por que não ela lança um breve olhar
Às flores ao seu redor?
E nota o céu, dançando a brilhar,
Nas horas do crepúsculo em flor?
Ah, observe outra vez! Seu olhar
Continua sério, concentrado
E rápido, seu pulso a voar,
Sem parar, por seu tento impulsionado.

Sua alma imersa na tarefa está,
Para quem escreve ela então?
Observe-a mais de perto e verá
A luz em seus olhos, toda ponderação;
Para onde se voltam, já que a pena agora
Paira sobre a linha inacabada?
Para onde foi a luz de outrora,
Em seus negros olhos pousada?
O salão de verão parece tão escuro
Quando desse céu se desvia,
E da vastidão do parque verde e puro,
Pouca coisa enfim se via.

Ainda, sobre as pilhas de porcelana rara,
Sobre o vaso, sofá e flores no balcão,
Inclinada no ar como se apoiara,
Uma imagem prende a atenção.
É para lá que ela se volta; não se vê
Com distinção que forma se determina
Na massa nublada de mistério que

A larga moldura dourada confina.
Mas olhe de novo; acostumados à penumbra,
Seus olhos agora traçam devagar
Uma figura robusta, cabeça que deslumbra,
Um rosto firme, difícil de abalar.

Cachos negros, espanhóis, rosto queimado,
Uma testa larga, alta e alva assim,
Onde cada linha ecoa o narrado
Pela mente, de uma moral sem fim.
É esse seu deus? Não posso afirmar;
Seu olhar, por instante, se encontrou,
Com a imagem iminente a fitar,
E enfim escureceu, um pranto jorrou.
Um momento mais, o trabalho acabado,
E a carta selada repousa serena;
Agora, em direção ao sol desbotado,
Ela volta a mirada, triste e plena.

Essas lágrimas fluem, não é de admirar,
Pois pela inscrição, veja bem,
Em que estranho ponto, distante lugar,
Se esconde seu coração, além!
Três mares e muitas léguas de terra,
Essa carta deverá cruzar,
Antes de ser lida por ele, que espera,
Da mão amada, o recado do mar.
Em terras distantes, selvagens, coloniais,
Seu esposo, amado mas severo ainda,
Ela, nesse cenário inglês, chorava ais
Por seu retorno, ansiosa e infinda.

Remorso

Há muito tempo, desejei deixar
"A casa onde eu havia nascido";
Há tempos costumava lamentar,
Meu lar parecia tão perdido.
Em tempos idos, seus cômodos silentes
Eram repletos de temores sem fim;
Agora, a memória, em lágrimas cadentes,
Carregada de afeto, vem a mim.

Vida e casamento eu conheci,
Coisas outrora tão brilhantes;
Desde então, nunca mais vi
Os raios de luz que via antes.
No meio do mar desconhecido da vida,
Nenhuma ilha abençoada encontrei;
Mas, por fim, em meio a luta tão sofrida,
Minha embarcação rumo à casa naveguei.

Adeus, mar escuro, profundidade!
Adeus, terra estrangeira além-mar!
Abra agora em desdobrar de claridade,
Seu reino glorioso a se revelar!
No entanto, embora tivesse passado seguro
Por aquele mar extenuante, aflitivo,
Uma voz amada, através de ondas e vento duro,
Poderia me chamar de volta, em seu motivo.

Embora a manhã brilhante da alma surgisse
Por sobre o Paraíso, com seu clarão,
William! Se mesmo do repouso celestial, ouvisse,
Eu voltaria, por sua invocação!
Nem tempestade nem onda podem parar
Minha alma, então, sorridente;
Seu peito foi meu céu, a sonhar
Oxalá fosse meu novamente!

Pressentimento

"Irmã, sentada você ficou o dia inteiro,
Venha junto à lareira descansar;
Varre o vento, no céu só nevoeiro,
E nuvens escuras vêm se acumular.
Esse livro aberto, sem ler,
Repousa horas no seu colo,
Sem sorrir, sem se mexer,
O que enxerga, irmã, no solo?"

"Venha aqui, Jane, olhe o campo além;
Veja como a densa névoa avança!
O caminho, a cerca estão sem ninguém,
Até o portão branco some, sem esperança.
Não enxergo na bruma nenhum traçado,

Nem montes com pastos verdes a brilhar;
O rosto da Natureza está apagado,
Encoberto por nuvens a se espalhar.

Pouco se ouve, um farfalhar leve
Agora no jardim, no horizonte;
O ano envelhece, cada dia breve,
As mechas fogem de sua fronte.
A chuva se esgueira pelo vento,
O céu vazio e cinza está;
Ah, Jane, que tristeza ao pensamento,
Dia mais sombrio não há!"

"Você pensa demais, irmã querida;
Fica tempo demais sozinha;
Embora novembro tenha figura sofrida,
Os dias logo passarão, mana minha.
Limpei a lareira, arrumei sua cadeira.
Vem, Emma, sente-se aqui comigo;
Nosso próprio lar não conhece tristeza,
Embora seja o inverno cheio de incerteza,
Apesar de a noite parecer o inimigo."

"O brilho sereno do nosso lar,
Nenhuma serenidade me traz:
Meus pensamentos preferem viajar,
A com você, Jane, repousar em paz.
Encontro-me agora em distantes jornadas,
E se, no íntimo de meu coração,
As amarras de parentesco estivessem atadas,
Elas se partiriam com a dor da separação.

'Os dias de novembro logo passarão':
Jane, você disse bem;
Meus próprios pressentimentos o mesmo dirão...
Para mim, por prenúncio sei também,
Eles nunca mais retornarão.
Logo, nem sol nem tempestade,
Trarão alegria ou tristeza para mim;
Eles não alcançam aquela Eternidade
Que em breve será meu fim."

Oito meses passaram, o sol do verão
Se põe num céu glorioso;
Um campo tranquilo, verde e solidão,
Recebe sua tintura rosada, majestoso.
Jane senta-se sobre abrigo sombreado,
Sozinha ali permanece, triste e calada;
Com o rosto sobre a mão pousado,
E pensamentos nublando sua jornada.

Está pensando em um certo dia invernal,
Poucos meses no passado,
Quando o féretro de Emma levaram, afinal,
Sobre um campo de neve desolado.
Ela pensa em como a neve derretida
Se dissolve no primeiro brilho da primavera,
E como a memória da irmã querida
Desvanece, como a mitológica quimera.

A neve cobrirá a terra novamente,
Mas Emma não deve mais voltar;
Partiu, em meio à neve e à chuva cadente,
Para a costa do firmamento, seu novo lar.
Nas colinas de Beulá ela agora caminha,

Na planície tranquila do Éden sem igual;
Para lá, Jane seguirá um dia, sozinha,
E Jane para cá não voltará, afinal!

O Monólogo do Professor

A sala em silêncio, e só a reflexão
Povoa sua muda tranquilidade;
O fardo afastado, finda a longa obrigação...
Sou, então, como é a felicidade,
Imóvel, tranquila. E agora posso perceber,
Pela primeira vez, quão suave o dia,
Sobre água sem ondas, árvore sem mover,
Silencioso e ensolarado, continua sua via.
Agora, ao observar aquela colina afastada,
Tão fraca, tão azul, tão distante,
Preenchem meu coração sonhos de minha morada,
Meu lar, onde sou amado, importante:
Ao longe, onde o cume anil vai dar,
E me separa de tudo que a Terra retém;
De manhã, de tarde, sem cessar,
Meu anseio para lá se lança, além.
Das horas mais felizes, ah, a todo instante,

Gosto de manter a recordação,
Entre charnecas, com a vida avante,
Antes da sombria inquietação.

Às vezes penso que um coração apertado
Faz-me assim lamentar aqueles distantes
E mantém meu amor tão afastado
Dos amigos e amizades constantes;
Às vezes, penso ser apenas ilusão
Que guardo com zelo, prioridade,
E essas doces ideias só minhas são,
E esvaem-se na vacuidade:
E, então, ao redor, este mundo irreverente
Parece tudo o que é tangível e verdadeiro;
Cada visão e cada som diferente
Juntam-se, para dominar meu ser inteiro,
A essa dor lancinante, tão vazias e solitárias são
A Vida, a Terra... E ainda mais banal
A esperança semeada em meu próprio coração
E estimada pela chuva, pelo sol, afinal,
Assim como a Alegria, a transitória Tristeza
Para a colheita devem maturar;
Ah, acredito ter ouvido com clareza,
"Seus feixes dourados são apenas ar".

Tudo se esvai; meu lar querido,
Creio eu, em breve se verá desolado;
Às vezes ouço um aviso sofrido
De partidas amargas por todo lado;
Se acaso um dia eu voltar e encontrar
O fogo apagado, a cadeira vazia;
E, cheio de tristeza, ouvir murmurar,
Que despedida ali se fazia.

O que devo fazer? Para onde hei de me voltar?
Onde procurar a paz? Quando parar de chorar?
Não é esta a ária que eu queria compor,
A canção que eu desejava entoar;
Meu espírito teimoso, cheio de torpor,
Encontrou outra nota para tocar.
Eu não buscava sorriso nem pranto,
Alegria brilhante nem dor amarga,
Apenas canção com doce e claro encanto,
Que, mesmo tristonha, fluísse, à larga.

Uma canção serena, para me consolar
Quando o sono se recusar a vir;
Uma melodia para a melancolia afastar,
Quando a falta da casa se seguir.
Em vão eu tento; nada consigo entoar,
Tudo frio e morto, percebo aflito;
Sem angústia bravia, sem choro a jorrar,
Em meio à dor, nenhum alívio bendito.

Mas toda a impaciente melancolia
De alguém que espera o dia distante,
Quando, depois de imensa e dolorosa valia,
O repouso compensará o esforço incessante.
Já que a jovialidade parte, foge o prazer,
E a vida se consome lentamente,
E o alegre ardor da juventude há de morrer
Sob este triste atraso persistente.

A Paciência, cansada do seu fardo,
Rende-se ao desespero sem tardar,
E a Saúde tornou-se elástico quebrado,
Por ceder ao peso do cuidar.

A vida se esvai sem eu dela usufruir;
Onde está agora minha primeira juventude?
Trabalhei, estudei, só fiz sofrer e afligir,
Durante aquele tempo de plenitude.

Trabalhar, pensar, ansiar, sofrer...
Será isto que verei à frente?
Manhã sombria, a tarde há de ser
Igualmente desolada, carente?
Ora, tal vida faz da Morte uma amiga,
Um ser desejado, pronto a aceitar;
Razão, Paciência, Fé, que eu consiga,
Com sua ajuda, até o fim suportar!

Paixão

Alguns conquistaram selvagem alegria
Ao desafiar mais selvagem pesar;
Se seu amor pudesse ganhar neste dia,
A morte arriscaria sem pestanejar.

Se o combate valesse um terno olhar,
Um leve fitar, uma sua mirada,
Este coração não faltaria crestar,
Em luta inebriante, inspirada!

Bem-vindas noites de sono a quebrar,
E dias de carnificina e frieza,
Poderia eu crer que irias chorar
Ao ouvir meus perigos, a tristeza.

Diga-me, se com bandos errantes
Vagueio longe, em andanças sem par,
Você, àquelas terras distantes,
Em espírito, tentará viajar?

Selvagem, um trompete soa, apartado;
Pode me chamar, chame-me então,
Onde siques e ingleses, em duelo cerrado,
Nas águas do Sutle, em plena ação.

O sangue tingiu as ondas do rio,
Com manchas escarlate, bem sei;
Nas fronteiras do Indo, o lamento vazio,
Mesmo assim, ordene que eu vá, e irei!

Ainda que nobre e alto o holocausto
Das nações aos céus se eleva,
Feliz me uniria ao exército nefasto,
Dada a ordem que me enleva.

A força da paixão deve meu braço impulsionar,
Seu ardor deve reviver minha tenra idade,
Até que a força humana ao encanto venha se curvar,
Afundando e cedendo em feroz alarme, sem titubear,
Como árvores diante de temível tempestade.

Se, quente da guerra, busco seu amor,
Ousaria você desviar o olhar?
Ousaria então meu fogo expor
Ao desprezo, em um desdém sem par?

Não... minha vontade ainda há de controlar
A sua, tão elevada e independente,
E o amor essa alma soberba vai domar...
Sim... amor terno, para mim somente.

Em seus olhos meu triunfo lerei então,
Lerei e provarei a mudança;
E talvez eu parta, minha nobre distinção,
Em armas, novamente, em busca de esperança.

Eu morreria com a escuma elevada,
O vinho espumante a transbordar;
Não esperaria até que, na taça esgotada,
A vida se esvaísse, sem mais brilhar.

O Amor, com doce recompensa coroado,
A Esperança, com vasta plenitude abençoada,
Eu montaria então, com o sabre empunhado,
E pereceria na ação empreitada!

Predileção

Não o reprovo com desdém,
Nem renego seus votos em vão,
Creia-me, amor não haveria, porém,
Fosse você príncipe e eu, serva, então.
São esses seus juramentos de paixão?
É essa, por mim, sua afetuosidade?

Julgando por sua própria confissão,
Você está mergulhado em falsidade.
Tendo vencido, logo você me deixaria!
Há muito tempo li sua vontade;
E, portanto, enganá-lo não poderia,
Nem com a gentil aparência da amizade.
Assim, foi com impassível frieza
Que sempre encontrei seu olhar;
Embora, muitas vezes, com afoiteza,
Seus olhos foram os meus cruzar.
Por que esse sorriso? Você agora sente
Que minha frieza é toda falsidade,
Apenas uma máscara fria, infelizmente,
Escondendo o fogo secreto da verdade.
Toque minha mão, seu enganador;
Só a você engana, pois eu sou assim:
Isso queima? Meu lábio treme de torpor?
Há brilho inquieto em meu olhar, por fim?
Você pode trazer um rubor fugaz
À minha testa... à minha face?
E pode tingir sua alvura de paz
Com um tom febril, um lisonjeiro enlace?
Acaso sou de mármore? Que mulher
Poderia manter-se tão serena?
Nada vivo, humano, teria o poder
De tocar sua mão com frieza tão plena?
Sim... uma irmã, uma mãe, talvez:
Meu afeto é fraterno, maternal:
Não pense, então, que tente sufocar de vez
Qualquer chama ardente, passional.
Não delire, não se irrite, é vã a exaltação,
A fúria não pode mudar meu pensar;

Sinto que o sentimento não tem razão,
Pois gira nos ventos da paixão, sem cessar.
Posso amar? Profunda, verdadeiramente,
Com calor... ternamente... mas você, não;
E meu amor é correspondido devidamente,
Com igual energia, na mesma proporção.
Quer ver seu rival? Seja veloz,
Abra a cortina para entrever,
Olhe além, onde galhos grossos são o algoz
Do meio-dia, tornando-o entardecer.
Na clareira onde se entrelaça o caramanchão,
No alto, um arco verde se formando,
Está sentado seu rival, curvado, em reflexão,
Sobre suporte com papéis se espalhando...
Imóvel, seus dedos diligentes
Na caneta, incansáveis a escrever;
Tempo e maré passam, indolentes,
Ele ali está... o primeiro a florescer!
Homem de consciência... homem de razão;
Severo, talvez, mas sempre justo;
Inimigo da falsidade, do erro e da traição,
Escudo da honra, da virtude augusto!
Trabalhador, pensador, firme defensor
Da verdade divina... da humana liberdade;
Alma de ferro, da calúnia o censor,
Rocha contra a tirana crueldade.
Fama não almeja... mas, seguramente,
Ela o buscará, em seu lar;
Disso eu sei, e confio precisamente,
No momento redentor a chegar.
A esse homem minha fé hei de ofertar,

Portanto, soldado, pare com a corte;
Enquanto Deus na terra e no céu reinar,
A ele serei fiel até a morte!

Consolo Vespertino

O coração humano esconde tesouros,
Em segredo mantidos, em silêncio guardados...
Pensamentos, esperanças, sonhos, louros,
Se revelados, perderiam seus encantos sagrados.
E os dias podem passar em alegre confusão,
E as noites, em alvoroço cor-de-rosa voar,
E, perdida em meio à Fama, à Riqueza, pura ilusão,
A memória do Passado pode expirar.

Mas há momentos de reflexão desolada,
Como ao chegar da noite, em sua discrição,
Quando, suavemente, como aves em revoada,
Reúnem-se os melhores sentimentos do coração.
Então, em nossas almas parece definhar
Afetuosa tristeza, visto que não é dor;
E pensamentos que, antes, ais vinham provocar
Agora apenas causam suave pranto desolador.

E os sentimentos, outrora fortes como paixões,
Retornam suavemente... um sonho desbotado;
Nossas próprias dores e selvagens sensações
Parecem um conto de sofrimentos a outrem alotado.
Ah, quando o coração está sangrando,
Por esse tal momento é puro anseio,
Quando, no nevoeiro do tempo se afastando,
Suas mágoas vivem apenas em devaneio!

E pode residir no brilho do luar,
Na sombra da noite e solidão;
E, enquanto o céu escurece sem parar,
Não sentir desconhecida e estranha aflição...
Apenas um impulso mais profundo dado,
Pelas horas solitárias, o quarto escuro,
A um pensamento solene, ao céu elevado,
Em busca de uma vida, um mundo futuro.

Estrofes

Se você em lugar solitário se encontrar,
Se uma hora de calma lhe pertencer,
Enquanto a Noite seu rosto plácido curvar
Sobre o declínio deste dia, a crescer.
Se todo o céu, toda a terra natal

Parecem-lhe agora serenidade sem fim,
No início da noite estival,
Por um instante... lembre-se de mim!

Pausa no caminho, voltando ao lar,
É crepúsculo, ficará sereno:
Pausa perto do olmo, um sagrado ar
Enche seus galhos sem vento ameno.
Olhe essa luz suave e dourada
Lá no alto, no céu sem nuvens a brilhar;
Observa da ave a tardia revoada
Enquanto passa, silenciosa, pelo ar.

Escute! Um som vem pelo vento, enfim
Um passo, uma voz, um suspirar.
Se tudo estiver quieto, então, assim
Deixe a mente pela memória se guiar.
Seu amor igual ao meu fosse, tão abençoado,
Aquela hora crepuscular pareceria ser,
Quando, de volta do contrito Passado,
Pudéssemos nosso antigo sonho reviver!

Seu amor fosse igual ao meu, selvagem seria
Seu anseio, a dor presente,
Um suave crepúsculo, a mansa lua teria,
Para reviver aquela hora novamente!
Por vezes, em seus braços, em repouso,
Vi seus olhos escuros a brilhar,
Profundamente, senti seu olhar fogoso,
Falando de um outro amor sem par.

Meu amor é quase angústia agora,
De tão forte e verdadeiro que bateu;
Seria êxtase, poderia pensar sem demora

Que tal angústia você conheceu.
Fui apenas sua flor passageira,
E você, meu deus, inteiro;
Até a morte, com sua força derradeira,
Este coração só pulsará ao seu, verdadeiro.

E bem-aventurada seria minha hora derradeira,
Se meu último sopro de vida
Passasse, com sua boca suave e certeira
Em minha testa fria, falecida;
E meu sono seria doce, profundo,
No cemitério, sob o caramanchão,
Se em seu coração batesse fundo,
Ainda fiel a mim, uma pulsação.

Partida

De nada nos adianta lamentar,
Embora condenados à separação:
Há algo chamado preservar
Uma lembrança no coração.

Há algo chamado morar
No pensamento que nutrimos com fervor,
E com desdém e coragem enfrentar
O mundo e seu rigor.

Não deixaremos sua loucura nos magoar,
Havemos de aceitá-la como vier;
E, assim, cada dia, vai nos deixar
Um alegre riso de prazer.

Quando deixarmos cada amigo e irmão,
Quando estivermos distantes, separados,
Pensaremos um no outro com afeição,
Como ainda melhores, mais preparados.

Em cada vista gloriosa acima,
Em cada visão doce, no chão,
Nos conectaremos com quem nos ama,
A quem amaremos de coração!

À noite, quando estivermos sentados
Junto ao fogo, sozinhos quiçá,
Então, coração com coração juntados,
Tom por tom, cada um resposta dará.

Podemos os laços que nos prendem romper,
De frias mãos humanas um invento,
E onde ninguém ousará nos deter
Nos encontraremos novamente, em pensamento.

Então, não há uso no chorar,
Mantenha um espírito contente;
Não duvide que o Destino há de guardar
Bens futuros para os males do presente!

Apostasia

Este último renegar da minha crença,
Você, ó solene sacerdote, ouviu bem;
Estar no leito de morte não faz diferença,
Não voltarei atrás, daqui até o além.
Para a sua madona não adianta apontar...
Sua santa de pedra sem visão
Não pode, deste peito ardente, arrancar
Um gemido de contrição.

Diz você, quando criança, sem pecado,
Eu dobrava o joelho em oração,
Rezando para um sorriso de mármore gelado,
Sem vida, mudo, sem emoção.
Assim fiz. Mas ouça! Cresce um rebento,
Logo se transforma em terna juventude.
Depois de juras de Amor e anel de Casamento,
A verdade inicial me desilude.

Não foram a calva e o rosto cinza seus,
Que, inclinados sobre mim, me escutaram:
"Que aquela terra, Deus e Fé são meus,
Por eles seus genitores sangraram".
Já não o vejo, embaçado o meu olhar;
Mas o ouço dizer, com calma,
"Chega então, minha filha, de pensar
Naquele que desviou sua alma.

Entre vocês espaço e tempo se imprime;
Deixe que anos e distâncias
Afastem-na do caminho do crime,
Retornando-a à Igreja e suas ânsias".
E, se eu precisasse, você me diria,
Que forte barreira eu erguesse
Para me separar da cela sombria,
Onde meu amado Walter padece?

E, se eu necessitasse que zombasse
Quando minha hora final chegar,
Pedindo que este espírito cansado cessasse
De feitos passados ansiar?
Padre... DEVO dele esquecer?
Que vazio soa esse termo!
Pode o tempo, a distância, as lágrimas, desvanecer
A memória do meu senhor eterno?

Não o estava vendo, disse-lhe antes,
Porque, já uma hora passada,
Sobre meus olhos, exorbitantes,
Sentia cada pálpebra pesada.
Ainda assim, a visão interna de minh'alma
Contempla sua imagem a brilhar,
Tão clara, tão resplandescente, tão calma,
Como o fulgor de planeta vermelho a cintilar.

Não fale em Última Comunhão,
Não reze suas contas por mim;
Rito e prece são gastos em vão,
Como orvalho no mar sem fim.
Não fale do Céu superior,

Não delire acerca do Inferno;
Devolva de meu Walter o amor,
Devolva-me ao seu braço eterno!

Será então conquistada a glória do Céu;
E o Inferno se verá por fim encolhido,
Assim como vi os terrores da noite ao léu
Diante do vitorioso andar do dia nascido.
É minha religião assim amar,
E minha fé se mantém em consonância;
Nem a Morte há de abalar, nem o Clero de quebrar,
Como uma rocha, minha constância!

Agora vá; pois à porta espera
Novo hóspede, que acaba de chegar.
Ele chama... eu vou... meu pulso desacelera,
Meu coração começa a vacilar.
Outra vez aquela voz... tão distante,
Como soa sombria aquela tonalidade!
E parece-me ter perdido algo importante,
No deserto solitário da insanidade.

Gostaria de por um tempo adormecer:
Onde posso uma estadia encontrar,
Até que sorria nas colinas o amanhecer
E alguma trilha chegue a me mostrar?
"Estou chegando", disse ela, apressada,
"A voz de Walter ouvi eu!".
Ergueu-se então... mas caiu, fatigada,
Seu último suspiro, o nome seu.

Provisões
de Inverno

Da vida tomamos uma pequena porção
E dizemos que esta será
Espaço salvo de trabalho e atenção,
Livre de lágrimas e tristeza estará.

Por acaso, vem a Morte seu arco romper,
E se distancia a Dor,
Por breve instante, dá-nos a conhecer,
Do coração o fulgor.

A existência é como uma noite de verão,
Quente, suave, cheia de paz sem igual,
Nossos sentimentos livres, em amplidão,
Concedem à alma sua liberdade total.

Um instante apenas, eis que tem a alçada
De dar aos pensamentos lida
Ao redor daquela hora sagrada,
O mais divino fulgor desta vida.

Porém o Tempo, sem que o vejamos passar,
Tampouco se deterá, lentamente;
Por céus nebulosos ou límpidos, sem par,
Seu caminho trilhará silente.

Tal qual o amargo cálice do sofrimento,
Tal qual o doce trago da satisfação,
Seu avanço deixa apenas, por breve momento,
Que hesitantes lábios se encontrem em comunhão.

Os cintilantes tragos secaram,
A hora do repouso se esvai,
À volta, vozes urgentes declaram,
"Anda logo, moroso, vai!".

E terá a alma, então, simplesmente alcançado,
Deste breve tempo de tranquilidade,
Um momento de descanso, quando sobrecarregado,
Um rápido vislumbre de serenidade?

Não; enquanto o sol brilhava sobre nós, gentilmente,
E flores aos nossos pés desabrochavam...
Enquanto muitos botões de alegria, à nossa frente,
Suas pétalas doces desvendavam...

Estava uma obra invisível em ação;
Como uma abelha em busca de mel,
De flor em flor, voando sem exaustão,
Um talento laborava seu papel.

Com o futuro invernal preocupada,
Tão triste, sempre tão carente;
Hoje precavida, amanhã necessitada,
Trabalhava a Memória silente.

É ela que de cada passageira satisfação
Um bem duradouro há de extrair;
É ela que encontra tesouro, no verão,
Para no inverno de alimento servir.

E, quando o dia de estio da Juventude findar,
E a Idade trouxer do Inverno a preocupação,
Suas provisões, de doces reservas a jorrar,
Bênçãos às horas noturnas da vida trarão.

O Missionário

Corte, navio, corte o mar britânico,
Busque o vasto e livre plano oceânico;
Deixe as cenas da Inglaterra, o céu tão seu,
Desate, rompa dela os laços, navegue ao léu.
Leve-me a um clima longínquo, diferente,
Onde a vida muda, ágil, rapidamente.
Ação quente, trabalho sem cessar,
Irá mexer, revirar, o solo do espírito cavar;
Raízes frescas plantarão, sementes novas semearão,
Até que novos jardins logo brotarão,
Livre das ervas daninhas que agora ali estão...
Mero amor humano, egoísta transtorno,
Que, acalentado, haveria de me deter.
Seguro o arado, não há retorno,
Que, então, eu lute para esquecer.

Mas as costas da Inglaterra à vista ainda estão,
E os ingleses céus de suave azulão
Curvam-se sobre seu mar protetor.
Da Lembrança não posso me antepor;
Devo, então, outra vez com firmeza encarar
E essa angustiante tarefa reiterar.
Casado com o lar... do lar devo fugir
Temendo mudanças... mudanças devo produzir;
Amante da comodidade... no trabalho vou mergulhar;
Da calma entusiasta... turbulência vou procurar:
A Natureza, o ultrajante Fado,
Conflito selvagem agitam em meu coração;
E tal combate será feroz, arrastado,
Até que o dever traga conciliação.

Que outro laço ainda me tem atado
Ao passado divorciado, abandonado?
Ainda fumegante, jaz em meu coração
O fogo de grande imolação,
Aço sagrado que ainda não se apagou, afinal,
Mas há pouco atingiu minha vontade carnal,
Minha esperança de vida, primeira e última alegria,
Aquilo a que me apegava, agarrando-me com galhardia;
O que desesperadamente desejava reter,
O que renunciei com dor na alma, a sofrer;
O que... quando o vi, atingido pelo machado, expirar...
Não me deixou mais nenhuma alegria na terra brotar;
Um homem desolado... mas agora, com firmeza,
Eu confirmo aquele voto de Jefté, sem fraqueza:
Devo recuar, temer, dar de fuga sinal?
Foi o que fez Cristo quando a árvore fatal,

Diante dele, ergueu-se no Calvário, afinal?
Foi longo combate, árduo, mas vencido,
E o que fiz foi com justiça decidido.

Mas, Helen, do seu amor por fim desviei,
Quando mais por seu coração o meu clamou, bem sei;
Desafiei suas lágrimas, seu desprezar...
Mais fácil seria a dor da morte suportar.
Helen, você não poderia comigo partir,
Eu não... não ousaria por você aqui seguir!
Ao longe, ouvi alguém reclamar,
Era o selvagem de além-mar;
E o som bárbaro sobrepujou a exclamação
Arrancada pela agonia da paixão;
E, mesmo quando, com o mais amargo pranto
Que já verti, turvou-se então minha visão,
Ainda, com a perspectiva clara do espanto,
Vi o império do Inferno, perversidade e vastidão,
Nas margens de cada rio indiano se espalhando
E todos os reinos da Ásia ocultando.
Lá, o fraco sob o forte é pisoteado,
Vive para sofrer... e morrer sem credulidade;
Lá, o Mal é o credo de todo pagão prelado,
E a Extorsão, a Luxúria e a Crueldade
Esmagam nossa raça perdida... e enchem até verter
O cálice amargo do humano sofrer;
E eu... que guardo a fé curadora,
A crença benigna do Filho de Maria,
Hei de ignorar a dor do meu irmão, agora,
E, egoísta, evitá-lo no dia a dia?
Eu... que sobre o joelho materno,
Na infância, a palavra de Cristo li,

Recebi seu legado de paz eterno,
Sua santa regra de ação ouvi;
Eu... em cujo coração, sensação sagrada
Do amor de Jesus, desde cedo sentido;
De sua benevolência pura e agraciada,
Seu sentimento pela culpa, acolhido;
Seu zelo de pastor pela ovelha errante,
Por todos os seres, fracos, tristes, a tremer,
Sua paixão profunda, misericórdia perseverante
Pela angústia humana, pelo seu sofrer;
Eu... educado desde a infância nessa tradição...
Ousaria facilmente recuar, hesitar,
Ao ser chamado a curar a doente condição
Daqueles desolados, longe do lar?
Na escuridão, no reino e sombras da Morte,
Nações, tribos e impérios insistem em jazer,
Mas mesmo para eles a luz da Fé, com sorte,
Seu sombrio céu acabará por irromper:
E que a mim pertença incitar
Que ergam suas cabeças ao episódio terreno,
E saibam aquele alvorecer celebrar
Que anuncia Cristo, o Nazareno.
Eu sei como o Inferno lançará o véu
Sobre suas frontes e olhos velados
E esmagará a cabeça erguida ao léu,
Tentando encontrar os céus laureados;
Eu sei que guerra o demônio vai travar
Contra o soldado da Cruz em sua missão,
Que ousa enfrentar sua fúria sem parar
E trabalhará por sua derrota e desilusão.
Sim, duro e terrível o labor
Daquele que pisa em solo exterior,

A videira do evangelho decidido a plantar,
Onde tiranos governam, com escravos a lamentar;
Ansioso por elevar a luz da religião
Até as sombras mais espessas da noite da razão,
Escondem o falso deus e o rito da enganação;
Imprudente o sangue missionário,
Derramado na selva e no ermo solitário,
Deixou, no ar mais impiedoso,
O gemido profundo do homem... a prece do mártir, glorioso.
Conheço meu destino... apenas peço
Força para cumprir a nobre missão que expresso;
Desejando o espírito, que a carne, enfim
Receba renovada força para um novo fim.
Que sol ardente ou vento mortal
Não prevaleçam sobre uma mente leal;
Que tormentos estranhos ou a morte mais cruel
Não pisoteiem a verdade nem destruam a crença fiel.
Mesmo que gotas de sangue tenham de mim brotado,
Assim como brotaram no Getsêmani do passado,
Que seja bem-vinda a angústia, que há de me gerar
Mais força para trabalhar... mais talento para salvar.
E, ah, se breve há de ser meu destino,
Se mão hostil ou clima assassino
Encurte meu caminho... sobre minha sepultura,
Senhor, que sua colheita oscile com ternura.
Para que eu possa a cultura introduzir,
Deixando aos outros a foice inserir;
Se a semente mais rápido brotar,
Que meu sangue regue o que semear!

O quê? Cheguei alguma vez a tremer,
E temi a Deus aquele sangue oferecer?
O quê? O amor covarde, à vida, assim,
Fez-me recuar da justa luta sem fim?
As paixões humanas, os humanos receios,
Acaso me separaram daqueles Pioneiros
Cuja tarefa é, primeiro, marchar e então traçar
Os caminhos para nossa raça avancar?
Assim tem sido; mas, Senhor, dê-me o prazer
De agora, firme em Sua palavra, permanecer!
Protegido pelo elmo da salvação,
Escudado pela fé e da verdade blindado,
Sorrir quando nos abate a provação,
No fogo do sofrimento, manter-se aprumado!
Os redutos mais fortes do inferno hei de derrubar,
Mesmo quando a última dor me agitar o peito,
Quando a morte de mártir vier me coroar,
Chamando-me para Jesus, seu repouso, seu leito.
Então, para minha recompensa derradeira...
Então, para a palavra que alegra a terra inteira...
Então, a voz do Pai... do Espírito... do Filho:
"Servo de Deus, você tudo fez com brilho!"

POEMAS DE ELLIS BELL

(EMILY BRONTË)

Fé e Abatimento

"O vento de inverno é forte e agitado,
Venha para perto de mim, meu filho amado;
Abandone seus livros, as brincadeiras sem par;
E, enquanto a noite vem tudo espreitar,
Sobre suas reflexões vamos ambos conversar...

Eire, em volta do nosso abrigo seguro
As rajadas de novembro soam sem apuro;
Nenhum sopro fraco pode penetrar
Para os cabelos de minha filha agitar,
E muito me alegro de poder o brilho observar,
Como raios cintilantes, o relance de seu olhar;
E sua face sentir, de leve pressionada,
Contra meu peito, tão feliz, calada.

Mas, ainda assim, essa tranquilidade
Traz-me pensamentos amargos, sem piedade;
E, no brilho vermelho do fogo iluminado,
Penso em um vale profundo, pela neve bloqueado;
Sonho com charnecas, nebulosa umbria,
Onde desce a noite, escura e sombria;
Porque entre as montanhas frias, isolado,
Jaz todo aquele que amei no passado.
E, em desesperada aflição, dói meu coração,
Exausto por tantos lamentos em vão,
Por saber que deles não mais haverá saudação!"

"Pai, na infância, tão distante,
Quando estava você além do mar gigante,
Dominavam-me tais pensamentos, de forma incessante!
Frequentemente me sentava, por horas a fio,
Durante as longas noites de tempo bravio,
Em meu travesseiro, tentando desvendar
A lua fraca que no céu insiste em lutar;
Ou, para captar o choque, ouço com atenção,
Da ondulação com a rocha, da rocha com a ondulação;
E, assim, temerosa vigília manteria,
E, de tanto ouvir, nunca dormiria.
Mas na vida deste mundo temos muito a temer,
E não é dos mortos, ó Pai, que medo havemos de ter.

Ah, não é com eles que devemos nos desesperar,
Seu túmulo é sombrio, mas lá não haverão de estar;
Seu pó já se misturou ao chão,
Suas almas, felizes, com Deus estão!
Foi você quem me disse, e suspira, ainda assim,
Murmurando a partida de seus amigos, seu fim,
Ah, meu querido pai, diga-me logo, enfim!
Pois, se sua palavra era verdadeira,
Quão inútil essa tristeza seria;
Sábio é lamentar a sementeira
Que, da árvore-mãe, cresceu alheia,
Por ter caído em terra fértil, sim,
E brotado em glorioso nascimento, enfim...
Bem fundo fincou sua raiz e bem elevado
Ergueu seu galho, em meio ao céu ventilado.

Mas não hei de temer, nem de chorar
Por aqueles cujos corpos estão a descansar...
Há uma costa abençoada, bem sei,
Abrindo, para mim e para os meus, sua enseada;

E, enquanto as vastas águas do Tempo contemplei,
Ansiava por aquela terra divina, afortunada,
Onde você e eu acabamos por nascer,
E onde nossos entes encontraremos, ao morrer;
Livres da corrupção, da dificuldade,
E restaurados na Divindade."

"Disse bem, doce e confiante criança!
Com mais sabedoria que seu genitor;
E as tempestades mundanas, sem bonança,
Haverão de fortalecer seu ardor...
Sua fervorosa esperança, por escuma e tempestade,
Através do rugido dos ventos, da correnteza,
Há de chegar, por fim, à eterna herdade,
À costa inalterável, pura firmeza!"

Estrelas

Ah! por que, tendo o sol brilhante
Restaurado a Terra à alegria,
Partiram todas, em um instante,
Deixando um céu em agonia?

Durante a noite, seus olhos radiantes
Fitavam os meus sem cessar,
Com o coração cheio, suspiros deslumbrantes,
Vinham minha vigília abençoar.

Em paz estava, e seus raios tragava
Como se fossem vida para mim;
E em meus sonhos mutáveis me regalava,
Como um petrel sobre o mar sem fim.

Estrela depois de estrela, noção sobre noção,
Por regiões sem limites, a vagar;
Enquanto, perto ou longe, uma doce ação,
Mostrando nossa unidade, a nos animar!

Por que rompeu a aurora
Tão grande, pura, um feitiço;
E queimou a face tão segura,
Onde caíra seu brilho mortiço?

Vermelho-sangue, ele se ergueu, vigoroso,
Seus raios ferozes feriram minha frente;
O espírito da natureza saltou, jubiloso,
Mas o meu, triste, afundou prontamente.

Minhas pálpebras se fecharam, mas, além do cortinado,
Vi-o, ardente, sem cessar,
E d'ouro impregnado, o vale enevoado,
Sobre a colina, a brilhar.

Virei-me para o travesseiro, então,
Para de volta a noite trazer e observar
Seus mundos, de luz solene, em ação,
E, com meu coração, pulsarem sem cessar!

De nada adiantou... o travesseiro brilhava,
Refletindo também o teto e o chão;
E, na floresta, todo pássaro alto cantava,
E os ventos frescos sacudiam o portão;

As cortinas a se agitar, as moscas a despertar
Murmuravam ao redor do meu recanto,
Presas ali, até eu me levantar,
Para permitir-lhes voar por todo canto.

Ah, estrelas, sonhos, noite amena;
Ah, noite e estrelas, de volta, já!
Escondam-me da luz que envenena,
Que não aquece mas decerto queimará;

E o sangue dos homens em sofrimento vem sorver;
No lugar do orvalho, vem lágrimas tragar;
Deixe-me por seu reinado cegante adormecer,
E somente com vocês, por fim, despertar!

O Filósofo

Filósofo, basta de tanta reflexão!
Por tempo demais tem você sonhado
Neste quarto sombrio, sem iluminação,
Enquanto o sol de verão tem brilhado!
Que triste refrão, alma que varre o firmamento,
Conclui mais uma vez seu pensamento?

"Ah, por agora, devo continuar a dormir,
Sem uma identidade qualquer.
E não vou me importar se chuva há de vir,

Ou se a neve vai me envolver!
Nenhum céu prometido, nem desejo indomável,
Poderia satisfazer, nem mesmo pela metade;
Nenhum inferno ameaçador, com fogo insaciável,
Há de subjugar esta devoradora vontade!"

"Assim disse eu, e continuo com a mesma postura;
Até a minha morte, direi sem hesitar...
Três deuses, dentro desta pequena estrutura,
Batalham noite e dia, sem cessar;
O céu todos não poderia conter, e, ainda assim,
Sigo-os a manter, afinal;
Meus devem ser até que eu esqueça, por fim,
Minha entidade atual!
Ah, por enquanto, em meu coração,
Suas lutas de vez cessarei!
Ah, por hoje, em minha prostração,
E nunca mais sofrerei!"

"Vi, então, de pé, um espírito, tenho certeza,
Há uma hora... bem onde está, de verdade,
E, ao redor dele, fluía a correnteza
De três rios, com igual profundidade...
Um rio dourado... outro como sangue a jorrar;
E o terceiro como safira parecia;
Mas, onde vinha seu triplo caudal transbordar,
Em um mar escuro sua água vertia.
O espírito enviou seu olhar deslumbrante
Através da noite sombria desse mar;
Então, incendiando tudo com um brilho radiante,
O mar alegre tornou-se vasto cintilar...
Branco como o sol, muito mais transparente,
Do que era cada separada nascente!"

"E justo por essa vidente assombração,
Observei e busquei minha vida, enfim;
Busquei no céu, inferno, ar e chão,
Uma busca ilimitada, sem fim.
Se tivesse visto o seu glorioso olhar
UMA ÚNICA VEZ aceso nas nuvens que vêm me enlouquecer;
Esse grito de agonia eu nunca haveria de elevar
Para cessar de pensar, de existir, de ser;

Jamais teria chamado o esquecimento de abençoado,
Nem estendido mãos ansiosas para a morte,
Ou implorado para mudar para um repouso estouvado
Esta alma consciente, esta respiração forte...
Ah, deixe-me morrer... que o poder e a vontade
Sua luta cruel possam perfazer;
Que conquistem o bem, e conquistem a maldade
Para em um só repouso me perder!"

Lembrança

Frio na terra... e a espessa neve vem sobre você se amontoar,
Longe, distante, fria, na sepultura que desampara!
Meu único Amor, acaso esqueci de meu afeto lhe dar,
Por fim afastados pela onda do Tempo, que a tudo separa?

Acaso agora, solitário, minhas ideias não mais emergem
Sobre a montanha, naquela costa sententrional,
Repousando suas asas, onde a urze e a samambaia surgem
Sobre seu nobre coração para sempre, afinal?

Frio na terra... e quinze intensos invernos,
Naquelas colinas marrons, na primavera derreteram:
Fiéis, de fato, são os espíritos fraternos,
Capazes de se lembrar depois de tudo que sofreram!

Perdoe-me se vier a esquecê-lo, Doce Amor da juventude,
Enquanto a maré do mundo me leva consigo, afinal;
Outros desejos, esperanças envolvem-me em sua plenitude,
Esperanças que obscurecem, mas que não lhe fazem mal!

Nenhuma luz posterior meu céu iluminou,
Nenhum segundo amanhecer brilhou de novo para mim;
Toda a felicidade da minha vida com sua vida chegou,
Toda a felicidade da minha vida jaz com você, enfim.

Mas quando, dos dias de sonhos, não havia mais nada,
E nem mesmo o Desespero tinha poder para destruir;
Aprendi como a existência haveria de ser valorizada,
Fortalecida, nutrida, sem a alegria a lhe acudir.

Então detive as lágrimas da vã paixão...
De minha alma jovem à sua afastei a agonia;
Firme, neguei seu desejo de afobação
Por ir à tumba que já então me pertencia.

E, mesmo assim, não ousaria deixá-lo esmorecer,
À dor extasiante da memória não ousaria me entregar;
Mesmo se daquela angústia divina eu chegara a beber,
Como poderia outra vez o mundo vazio buscar?

Uma Cena
de Morte

"Ó, dia! Não pode ele expirar,
Quando você brilha tão radiante!
Ó, Sol, em um céu de fulgor a declinar
Tão serenamente, tão elegante;

Você ele agora não pode deixar,
Com os frescos ventos do oeste soprando,
E à volta de sua jovem fronte, sem par,
Seu alegre brilho está cintilando!

Edward, trate logo de acordar...
Brilha o dourado poente
No lago de Arden, quente, a fulgurar...
Despertar do sonho é urgente!

De joelhos, ao seu lado,
Meu amigo mais querido, oro agora,
Para que você tenha o mar eterno cruzado,
Ao menos, depois de uma hora:

Ouço o rugido de sua ondulação...
Vejo-a com a escuma elevada;
Mas, de outra costa, nenhuma visão
Abençoou minha vista angustiada.

Não acredite na sua vontade
Das ilhas do Éden ultrapassar;
Volte daquela onda de tempestade
Para sua terra natal, seu lar.

Não é a morte, apenas o afligir
Que em seu peito continua a lutar...
Desperte, Edward, é preciso reagir;
Não posso deixá-lo descansar!"

Com um longo olhar, reprovou-me aquele ferimento
Por conta da dor que não pude suportar...
Moveu-me um mirada silente de sofrimento
Lastimando meu inútil orar;

E, parando subitamente, o agitar
Da distração findou, acabou a euforia;
Mais nenhum sinal de pesar
Com minh'alma mexeu naquele horrível dia.

O doce poente empalideceu finalmente;
A brisa crepuscular na paz afundou inteira;
O orvalho tudo molhou, suavemente:
As árvores silentes, o vale, a clareira.

Seus olhos, então, a ficar cansados começaram,
Sob um sono mortal, pesados;
Seus orbes, estranhamente sombrios ficaram,
E, mesmo ao chorar, nublados.

Mas eles não choraram, em nada mudaram,
Nunca se moviam, jamais se fechavam;
Ainda perturbados, imóveis continuaram...
Não vagavam, nem sequer repousavam!

Soube, então, que estava falecendo...
Inclinou-se e a cabeça lânguida ergueu;
Respirar não estava, tampouco gemendo,
Soube, então, que ele faleceu.

Canção

O pintainho nos vales de rocha,
No ar, a cotovia,
A abelha em meio à urze roxa
Que minha bela dama escondia:

O cervo selvagem acima de seu peito pastando;
As aves silvestres criam sua filiação;
E eles, amorosos sorrisos mostrando,
Abandonaram sua solidão!

Quando a parede sombria do túmulo pus-me a imaginar,
Tomou por primeira vez sua forma aparente,
Pensaram que seus corações não mais haveriam de lembrar
Da luz da alegria novamente.

Pensaram que a maré da tristeza fluiria
Pelos anos futuros, descontrolada;
Mas onde toda essa angústia agora estaria,
Onde está toda lágrima derramada?

Ora, deixem-nos lutar pelo sopro da integridade,
Ou a sombra do prazer acossar...
O morador da terra da mortandade
Também há de mudar, relaxar.

E, se seus olhos continuassem a chorar
Até secar a fonte da desolação,
Em seu sono tranquilo, ela não haveria de retornar
Nem uma única lamentação.

Pelo monte solitário, vento oeste, venha soprar,
Murmurem, riachos do verão...
Para os sonhos de minha senhora acalmar,
Não se exige outra canção.

Expectativa

Quão bela ainda é para você a herdade,
Quão cheia ela é de satisfação?
Quão isenta de doenças de verdade,
Ou de espíritos irreais de preocupação!
Como pode a primavera glória lhe trazer,
E o verão fazê-lo esquecer
Do tempo invernal taciturno!

Por que você se apega com firmeza ao cabedal
Dos deleites da juventude, se ela passou, afinal,
E chega você ao excelso turno?

Quando aqueles que eram sua própria companhia,
Iguais em fortuna, no contar de cada dia,
Viram sua manhã derreter-se em apatia,
Em tarde sem sorriso, nublada;
Abençoados seriam, se mortos jovens, inexperientes,
Antes que seus corações se tornassem impertinentes...
Pobres escravos, subjugados por paixões inconsequentes,
Uma presa fraca, desamparada!

Porque, enquanto desfrutavam, pus-me a esperar,
E, com o excesso, vi sua esperança terminar;
Como aguardam as crianças, cheias de convicção,
Pelo êxtase ansiei... e apreciei a cessação.
Um espírito reflexivo não demorou a me ensinar,
Que devemos esperar até a vida acabar;
Que cada fase da terrena alegria
Acaba por desaparecer, e sempre enfastia.

Tudo isso previ... e não haveria de acossar
As traições findáveis;
Mas, com os pés firmes e um tranquilo ollhar,
Daquela tentadora corrida fiz questão de me desviar,
Olhando o que a onda sobre a areia tentava apagar,
Para as águas estáveis...
Ali, minha âncora de desejo lancei
No fundo da eternidade que não se dá a conhecer;
Nem jamais meu espírito deixei
Que se cansasse de procurar O QUE É SER!

Quem glória traz é o feitiço da esperança, da certeza,
Aos meus velhos olhos, o contrário da madureza,
Todos os milhões de mistérios da Natureza,
O que é belo, cheio de temor, prazer...
Das tristezas que conheço vem a esperança me acalmar;
De minha dor pela angústia alheia vem ela me serenar
E acaba por me fortalecer, para sempre suportar
O que nasci para padecer.

Bravo consolador! Acaso sem apreensão
Devo enfrentar da sepultura a escuridão?
Não, sorria ao ouvir das ondas da Morte a alucinação...
Serei por você, meu guia, sustentado?
Quanto mais injusto o destino presente parecer,
Mais meu espírito de exaltação há de se encher,
Forte por conta de sua força, pronto a predizer
O recompensador fado!

O Prisioneiro
Um Fragmento

Nas criptas das masmorras, indolente me perdi,
Despreocupado das vidas desperdiçadas ali;
"Puxe as pesadas barras! Rumo à popa, Guardião!",
Ele não ousou me dizer não... Os gonzos giram com brusquidão.

"Nossos convidados estão na completa escuridão",
sussurrei enquanto olhava
Através da cela, cuja visão gradeada céu mais cinza que azul mostrava;
(Isso aconteceu quando a feliz Primavera, com orgulho despertou.)
"Sim, já está escuro o bastante!", meu taciturno guia retrucou.

Que Deus perdoe minha juventude, minha língua que não parava;
Enquanto as correntes frias nas lajes úmidas soavam, eu zombava:
"Confinado em triplas paredes, acaso tem tanto a temer,
Que você devemos amarrar, e a grilhões prender?".

A cativa sua face ergueu, tão suave, tão enaltecida
Quanto um santo de mármore, criança adormecida;
Tão suave e enaltecida, tão doce e belo seu ar,
A dor, ali, linhas jamais haveria de traçar!

A cativa ergueu a mão, pressionando-a contra a testa;
"Fui atingida", disse ela, "e sofrer é o que me resta;
Ainda assim, valem pouco seus ferrolhos, de tamanha fortaleza,
Mesmo forjados em aço, por muito tempo não me trariam presa."

Um riso rouco soltou o carcereiro: "Devo ouvir com atenção?
Pensa você, sonhadora miserável, que atenderei a sua oração?
Ou, pior, devo com lamentações o coração do meu mestre derreter?
Ah, mais cedo é capaz de o sol essas pedras de granito amolecer.

A voz do meu mestre é baixa, suave e gentil sua fachada,
Mas mais dura que a rocha é a alma que nele faz morada;
Eu, grosseiro e rude sou, muito mais rude seria ver
O oculto fantasma que toma conta de meu ser".

Em seus lábios um sorriso quase de desdém havia,
"Meu amigo", disse ela, docemente, "lamentar não haveria;
Se um dia puder a vida de meus entes – MINHA vida perdida – restaurar,
Serei então capaz de chorar, pleitear... mas antes, amigo, nem pensar!

Ainda assim, saibam meus tiranos que não me manterei condenada
A anos e anos de tristeza e desespero, a uma existência desolada;
Um mensageiro de Esperança toda noite vem até mim,
E vem oferecer, para uma vida curta, liberdade sem fim.

Vem ele com os ventos ocidentais, da noite os ares errantes,
Com o claro crepúsculo do céu que traz as estrelas mais brilhantes.
Os ventos assumem um tom pensativo, as estrelas, um terno lampejo,
E visões surgem e mudam, matando-me de desejo.

Um desejo completamente desconhecido em meus anos de maturidade,
Quando a Alegria enlouqueceu, ao contar as lágrimas da posteridade.
Quando, ao ver o céu da minh'alma por raios de calor fechado,
Não soube de onde vinham, do sol ou de tempo atribulado.

Mas, primeiro, um silêncio de paz... surge uma calma imperturbável;
Termina a luta entre a angústia e a avidez indomável;
A silente música acalma meu peito... indizível harmonia,
Que, até que a Terra me perdesse, sonhar eu nunca poderia.

Amanhece, então, o Invisível; vem o Oculto sua verdade exibir:
Foi-se minha sensação externa, minha essência passa a sentir:
Suas asas estão quase livres... seu lar, seu porto cabal,
Medindo o golfo, ele impulsiona, ousando o salto final.

Ah, terrível é a constatação... intenso o pesar...
Quando o ouvido passa a ouvir, o olho passa a mirar,
O pulso começa a pulsar, o cérebro, a pensar novamente,
A alma, a carne sentir, e a carne sente a corrente.

Ainda assim, à ferroada não renunciaria,
não desejaria menor torturar,
Quanto mais atormenta a angústia, mais cedo ela há de abençoar;
Seja vestida com o fogo do inferno, ou brilhante com o fulgor celestial,
Se vem ela apenas a morte anunciar, sua visão será divinal!".

Ela parou de falar, e nós, sem resposta, preparamo-nos para partir...
Não tínhamos mais poder para na cativa sofrimento produzir:
Suas faces, seu olhar brilhante, declaravam que a sentença dada
Pelo homem na Terra fora pelo Céu reprovada, anulada.

Esperança

Esperança era uma amiga inibida;
Manter-se distante ela preferia,
Observando o futuro da minha vida,
Com homens sem coração, ela me via.

Era cruel em sua covardia;
Pelas grades, em um dia escuro,
Olhei, para ver se ali estaria,
E virou o rosto para mim, juro!

Como falsa guardiã, falsa vigia,
Provocadora, paz ousava sussurrar;
Ela cantava enquanto eu gemia;
Se eu a ouvisse, fazia questão de parar.

Falsa era, e implacável;
Ao ver minhas últimas alegrias no chão, espalhadas,
Até a Tristeza se apiedou, lamentável,
Daquelas soturnas relíquias derramadas;

Esperança, cujo sussurro iria me suprir
Um bálsamo para meu irrequieto lamentar,
Abriu as asas para o céu se dirigir,
Partiu, para nunca mais voltar!

Devaneio

Deitei-me só em um dia ensolarado
Em pleno verão, ao poente;
No tempo em que Maio teria se casado
Com Junho, seu amante recente.

Separar-se do coração da mãe relutava ainda
Aquela rainha de nupcial atrativo,
Mas seu pai sorriu para a criança mais linda
Que em seus braços havia tido.

As árvores agitavam seus penachos adornados,
E cada pássaro alegre cantava;
E eu, no casamento, de todos os convidados
Era o único que amuado estava!

Não havia ninguém que não quisesse evitar
Meu aspecto de alegria vazia;
Mesmo as pedras cinzentas, a me olhar,
Perguntavam-me o que ali fazia.

E responder não conseguia;
Eu não sabia, afinal,
Porque um olhar nublado trazia
Em saudação ao brilho geral.

E então, descansando em margem virente,
Meu coração comigo veio,
Juntos, ambos afundamos, infelizmente,
Em um devaneio.

"Quando o inverno voltar", pensamos então,
"Onde todas as coisas brilhantes vão estar?
Tudo vai desaparecer, como pura ilusão,
Uma zombaria irreal, sem par!

Os pássaros que agora cantam com alegria enlevada,
Através de desertos secos, gélidos,
Pobres espectros da primavera finada,
Terão voado em grupos ávidos.

E por que deveríamos nos satisfazer?
A folha mal chega a verdejar,
E um sinal de seu envelhecer
Na superfície se pode notar!"

Agora, se era assim com certeza,
Nunca pude saber realmente;
Mas, atacado pela tristeza,
Na charneca deitei-me, simplesmente.

Milhares, milhares de fogos brilhantes
Pareciam o céu iluminar;
Milhares, milhares de liras fulgurantes
Longe, perto, começaram a ressoar.

E pensei que o próprio ar que respirava
Enchia-se de centelhas divinais,
E meu sofá de urze se enfeitava
Com aquelas luzes celestiais!

E, enquanto a vasta terra ecoava
Àquele estranho menestrel, enfim,
Cada espírito brilhante cantava,
Ou cantar parecia, só para mim:

"Ah, mortal, mortal, deixe-os morrer;
Destrua o tempo, a lamentação,
Para que possamos o céu encher
Com absoluta satisfação!

Deixe a dor distrair o peito do miserável,
E a noite obscurecer sua via;
Elas apressam-no para o repouso infindável
E para o eterno dia.

Para você como uma tumba o mundo parece ser,
Uma costa desolada, arenosa;
Para nós, é inimaginável florescer,
Cada vez mais luminosa!

Se pudéssemos levantar o véu e ofertar
Aos seus olhos o poder de realmente ver,
Pelos que vivem você haveria de se alegrar,
PORQUE eles vivem para morrer".

A música cessou; o sonho do meio-dia, o devanear,
Tal como o sonho da noite, fez sua partida;
Ainda assim, a Imaginação há de por vezes considerar
Verdadeira sua criação querida.

À Imaginação

Quando, depois de um longo dia, em exaustão,
De dor em dor, com cada mudança terrena,
E perdido, pronto para a aflição,
Sua voz me chama de novo, serena:
Ah, meu verdadeiro amigo! Sozinho não estou,
Mesmo que não consiga falar com esse tom.

Tão sem esperança é o mundo exterior,
O mundo interior hei de valorizar;
Seu mundo, onde a astúcia, a dúvida, o furor
E frias suspeitas jamais vão se mostrar;
Onde você e eu, e a Liberdade,
Temos indiscutível autoridade.

Que importa se, em toda região,
Jazem escuridão, perigo, agonia,
Já que, nos limites de nosso coração,
Temos uma atmosfera sossegada, luzidia,
Por mil raios em profusão abrasada
De sóis que desconhecem era gelada?

A Razão, de fato, pode sempre incitar reclamação
Acerca da triste realidade da Natureza
E dizer ao coração sofredor como é vão
Acalentar sempre sonhos de tanta beleza;
E a Verdade pode com rudeza pisotear
As flores da Imaginação, que acabaram de brotar.

Mas você aí sempre está, preparada
Para trazer a visão flutuante, e enfim respirar
Novas glórias sobre a primavera arruinada
E uma Vida mais adorável da Morte invocar.
Sussurrando, com linda voz, voz divinal,
Mundos reais, brilhantes como o seu, afinal.

Não confio em sua fantasmagórica satisfação,
Na hora tranquila da noite, entrementes,
Sempre com infalível gratidão,
Dou-lhes as boas-vindas, Poderes Benevolentes,
Seguro consolador da humana preocupação,
Mais doce esperança, quando a esperança se torna aflição!

Como Ela Brilha

Como ela brilha! Vou me deitar
Bem quieto sob seu fulgor guardião;
Enquanto céu e terra vêm me sussurrar:
"Acorde amanhã, para sonhar é a escuridão".
Venha, meu amor Irreal, venha, Imaginação!

Estas frontes latejantes beije com suavidade;
Curve-se sobre meu assento de solidão,
Trazendo-me descanso, trazendo-me felicidade.

O mundo vai embora; mundo sombrio, saudação!
Mundo nefasto, até o dia, trate de se ocultar;
O coração que você não tem sob sujeição
Ainda deve resistir, se você se atrasar!

Seu amor eu não hei de compartilhar;
Seu ódio é simplesmente motivo de piada;
Suas mágoas podem ferir... seus erros podem rasgar,
Ah, mas a ninguém vai enganar sua cilada!
Enquanto contemplo a estrela cintilante
Sobre mim, no firmamento sem estampido,
Anseio por esperar que todo ato periclitante
Que a Criação conhece, em você esteja contido!

E, nesta noite, meu sonho este será;
Imaginarei que o céu de esferas gloriosas, enfim,
Em seu curso de luz se tornará
Felicidade infinita, por anos e anos sem fim;
Imaginarei que um mundo acima nunca se viu,
Até onde estes olhos tentam enxergar,
Onde a Sabedoria alguma vez do Amor se riu,
Ou a Virtude diante da Infâmia foi se curvar;

Onde, sob os golpes do Fado a se dobrar,
Foi forçado a sorrir o miserável mutilado;
Para a sua paciência, contra seu ódio igualar,
Seu coração, o tempo todo, viu-se rebelado.
Onde o Prazer ainda haverá de levar ao mal,
E a indefesa Razão alertará em vão;
E a Verdade é fraca, e a Traição tem força descomunal;

E a Alegria, caminho certo para a Aflição;
E a Paz, da Dor a letargia;
E a Esperança, espectro da alma viva;
E a vida, dedicação breve e vazia;
E a Morte, que a tudo cativa!

Empatia

Para você, não deveria haver desalento
Enquanto a estrelas estão queimando;
Enquanto a noite jorra seu silencioso relento,
E a luz do sol vem a manhã dourando.
Não deveria haver desalento... mesmo que o pranto
Possa fluir como um rio, em seu leito:
Acaso os anos que mais trazem encanto
Não voltam para sempre em seu peito?

Eles choram, chora você, assim deve ser;
Os ventos suspiram, seu suspiro imitam,
E o inverno, na neve, sua tristeza vem sorver
Onde as folhas do outono tombam;
Estas, no entanto, revivem, e do fado
Deles o seu não pode ser fendido;
Siga em frente, então, se não elevado,
Ainda assim, NUNCA com o coração partido!

Implore por Mim

Ah, seus olhos brilhantes devem agora responder,
Quando a Razão, com desdém e escarnecer,
Zomba do meu desprover!
Ah, a sua doce língua deve por mim implorar
E porque o escolhi, por fim, falar!

A Severa Razão está chegando ao julgamento,
Disposta em suas formas de esmorecimento:
Acaso você, meu advogado, vai mostrar comedimento?
Não, anjo radiante, diga-me agora,
Por que joguei o mundo fora?

Por que perseverei em evitar
Os caminhos que os outros continuam a trilhar;
E, por uma estrada estranha, passei a viajar,
Desatento, tanto de riquezas quanto de prazer...
De coroas de glória e das flores do prazer.

Estes, de fato, outrora Seres Divinos pareceram;
E, por acaso, meus votos a eles ouviram,
E minhas ofertas no santuário avistaram;
Mas presentes indiferentes são raramente valorizados,
E os MEUS foram dignamente desprezados.

Então, com o coração atento, tratei de jurar
Que a pedra do altar não iria mais procurar;
E ofereci meu espírito para adorar
A você, sempre presente, fantasmagórica entidade...
Meu escravo, meu camarada, minha majestade.

Um escravo, pois você continuo a governar;
Incline-se ao meu imutável desejar
E sua influência, boa ou má, continue a ofertar;
Um camarada, pois, de noite ou de dia,
Você é minha íntima regalia...

Minha querida dor, ferindo e queimando,
E uma bênção de lágrimas arrancando,
Quando, para os cuidados terrenos, vem me neutralizando;
Ainda assim, uma majestade, mesmo se a Prudência
Tenha ensinado a um súdito seu a desobediência.

Acaso estou errado em adorar
Onde a Fé não há de duvidar, nem desespero esperar,
Já que minh'alma minha oração pode ofertar?
Fale, Deus das visões, implore por mim,
E diga-me porque o escolhi, por fim!

Questionamento Íntimo

"A noite passa com rapidez.
Está quase na hora da cessação;
Que pensamentos deixaram o dia de vez,
Que sentimentos em seu coração?

Foi-se o dia de vez? Ele deixa uma sensação
De trabalho realizado com dificuldade;
De pouco ganho, depois de grande consumação...
Resta apenas a sensação de vacuidade?

O Tempo encontra-se diante da porta da Morte,
Com amarga repreensão,
E a Consciência, com fôlego inesgotável e forte,
Sobre mim jorra sombria reprovação;

E, embora tenha dito que a Consciência há de enganar
E o Tempo deveria condenar o Fado;
O triste Arrependimento vem meus olhos nublar,
Tornando-me deles subjugado!

Está você então feliz por buscar repousar?
Está feliz em deixar o mar para trás
E todas as suas exaustivas aflições ancorar
Na calma Eternidade, em paz?

Nada lamenta vê-lo partir...
Nenhuma voz 'adeus' vem murmurar;
E onde seu coração tanto fez afligir,
Deseja você habitar?"

"Mas que pena! É forte a terrível ligadura
Que ao pó vem nos conectar;
O espírito amoroso muito tempo dura
E não parece jamais passar!

É doce o descanso, quando a fama laureada
Vem o brasão do soldado coroar;
Mas um coração valente, com a fama manchada,
Prefere lutar a descansar.

Ora, você por muitos anos lutou,
Por toda a vida, sem cessar,
Pisoteou o Medo, a Falsidade humilhou;
O que resta fazer, conquistar?

É verdade, este braço lutou arduamente,
Ousou o que poucos haveriam de ousar;
Muito já fiz e dei, gratuitamente,
Mas pouco aprendi a suportar!

Olhe para o túmulo onde haverá de repousar,
Seu último inimigo, forte de verdade;
É sinal de perseverança não chorar,
Se esse repouso lhe parecer adversidade.

A longa guerra encerra-se com azar...
Azar suportado sem entristecer...
Seu descanso noturno doce há de quedar
E em manhã gloriosa irromper!"

Morte

Morte! Veio a acontecer quando mais confiante eu estava.
Quando mais seguro da alegria do ser...
Novamente atacou, mais uma vez
o galho murcho do Tempo se separava
Da raiz da Eternidade que acabava de florescer!

As folhas, no galho do Tempo, cresciam brilhantemente,
Cheias de seiva e de orvalho prateado;
Os pássaros, sob seu abrigo, reuniam-se diariamente;
Todos os dias, ao redor de suas flores, um enxame descontrolado.

A tristeza passou e arrancou a flor dourada;
A culpa a folhagem de seu orgulho arrancou,
Mas, dentro de sua paterna e bondosa morada,
Para sempre a maré restauradora da vida rolou.

Pouco chorei pela alegria que partiu,
Pelo ninho vazio, pela silenciosa canção...
Lá estava a esperança, e de tristeza para mim sorriu;
Sussurrando: “O inverno não vai durar, não!”.

E, pasmem, dez vezes mais abençoada
A Primavera adornou os ramos de beleza;
Acariciando com vento, chuva, calidez abrasada,
Naquele segundo Maio, espalhou realeza!

Alto elevou-se... Nenhuma dor alada poderia varrê-la;
O pecado, com seu brilho, afastar-se temeu;
O amor e sua própria vida tinham poder para protegê-la
De todo mal... de todo flagelo, exceto o seu!

Morte cruel! Toda folha nova cai, definha;
O ar suave da noite ainda pode reaver...
Não! O sol da manhã zomba da agonia minha...
Para mim, o Tempo nunca mais há de florescer!

Derrubem-no, para que outros ramos possam brotar
Onde jazia aquela muda até a extinção, a mortalidade;
Assim, pelo menos, seu cadáver haverá de alimentar
O lugar de onde surgiu... a Eternidade.

Estrofes para...

Bom, alguns podem odiar, outros podem desprezar,
Outros podem esquecer seu nome completamente;
Mas meu triste coração deve sempre lamentar
Suas esperanças, sua fama, arruinadas inteiramente!
Foi assim que pensei, tendo uma hora passado,
Mesmo chorando pelo infortúnio daquele desgraçado;
Uma palavra fez meu pranto recuar
E iluminou meu olho cheio de zombar.
Então, "A poeira amiga seja abençoada", disse eu,
"Que sua cabeça sem pesar escondeu!
Foi você vão e, além de vão, mostrou debilidade,
Escravo do Orgulho, da Dor e da Falsidade...
Meu coração em nada é parecido com o seu;
Seu espírito é impotente sobre o meu".
Mas também se foi esse tipo de pensamento,
Profano, falso e sem discernimento;
Desprezaria eu o cervo amedrontado
Por seus membros correrem pra todo lado?
Ou zombaria do lobo, de seu uivo mortal,
Por sua forma macilenta e imoral?
Ou ouvir o grito da lebre com alegria,
Por ele não poder morrer com valentia?
Não! Então, acima da sua recordação,
Que seja terno da Piedade o coração;
E que diga, "Terra, deite-se sobre esse peito com suavidade,
E, gentil Céu, a esse espírito conceda tranquilidade!".

O Mártir da Honra

A lua vai cheia nesta noite de frio;
Mesmo poucas, as estrelas trazem tudo iluminado;
E cada janela reluz, com brio,
Graças às folhas de orvalho congelado.

A doce lua brilha por seu treliçado,
E ilumina seu quarto como o dia;
Em sonhos você tem passado
Horas tranquilas de alegria!

E eu, muito me esforço para refrear
A angústia em meu coração,
Na silenciosa morada fico a vagar,
E não posso pensar em cessação.

O velho relógio no saguão brumado
Bate toda hora, vagaroso;
E, regularmente, seu clamor ritmado
Parece cada vez mais moroso;

E, ah, como aquela estrela de aguçado olhar
Tem seguido o cinza gelado!
O quê? Continua ainda a vigiar?
Como o amanhecer está afastado!

E permaneço fora de sua habitação;
Amor, continua descansando?
Sob minhas mãos, meu frio coração
Quase não está mais vibrando.

Sombrio, desolador, o vento leste soluça, suspira,
E a campana da torre afoga, sem vida,
Cada nota triste, indistinta, expira
Sem ser ouvida, como minha despedida!

Amanhã, o Desprezo vai meu nome manchar,
E, sob seus pés, o ódio vai me dispor,
Da vergonha dos covardes vai me saturar...
E também do perjúrio de um traidor.

Seus escárnios dissimulados falsos amigos vão lançar;
Os amigos verdadeiros minha morte vão querer,
E lágrimas mais amargas eu vou causar,
As mesmas que você já soube verter.

Os atos sombrios de minha proscrita raça
Brilharão como virtudes, então;
E os homens perdoarão a sua desgraça,
Além da minha transgressão.

Quem acaso perdoa o crime amaldiçoado
Da pusilânime deslealdade?
A Rebelião, no tempo apropriado,
Será a campeã da Liberdade;

A vingança pode manchar o sabre são,
Pode ser justo matar;
Mas, traidor, traidor... DESSA acusação
Todos os peitos verdadeiros vão se afastar!

Ah, meu coração à morte eu não ofereceria
Para manter minha retidão;
No entanto, minha fé jamais haveria
De desperdiçar às custas de minha REPUTAÇÃO!

Nem mesmo para seu inestimável amor guardar,
Atreveria-me, Amada, a trair;
E, se tal traição o futuro vier a provar,
Então, só então, nela sua crença deve admitir!

Sei o caminho que devo percorrer
E sigo-o, despreocupado,
Sem perguntar que aflição o dever
Ainda me tem reservado.

E assim me perseguem inimigos e frios parceiros,
Continuam todos sem em mim confiar:
Permita-me ser falso aos olhos de terceiros
Se nos meus puder acreditar.

Estrofes

Não hei de chorar por você me deixar,
Aqui, nada resta de encantador,
E o mundo sombrio em dobro vai me magoar,
Enquanto, lá, sofre seu interior.

Não hei de chorar porque a glória do verão
Deve sempre em tristeza terminar;
E em seguida à mais feliz narração...
Uma tumba vem rematar!

E estou cansada do desesperar
De crescentes invernos, afinal;
Cansada de ver o espírito definhar
Por anos e anos de aflição mortal.

Assim, se uma lágrima, ao vê-lo expirando,
De meus olhos porventura tombar,
Trata-se apenas da minha alma suspirando,
Por enfim ter ido ao seu lado repousar.

Meu Consolador

Bem, você falou, mas ainda não ensinou
Uma estranha ou nova sensação;
Apenas um pensamento latente despertou,
Um raio de sol coberto por nuvens levou
A brilhar em total expansão.

No fundo, em minh'alma a se esconder,
Tal luz, dos homens, está protegida.
Mas continua a brilhar... mesmo com sombras a não mais ver,
Seu suave raio não pode conter...
Na vizinhança da sombria guarida.

Acaso não me irritei, nesses caminhos tenebrosos,
Por ter que longamente sozinha caminhar?
Ao meu redor, miseráveis proferindo louvores jubilosos,
Ou uivando acerca de seus dias horrorosos,
E, cada um, o Frenesi a pronunciar...

Uma irmandade de melancolia,
Seus sorrisos, tristes como um suspirar;
Cuja loucura a cada dia me enlouquecia,
Distorcendo em agonia
A felicidade diante de meu olhar!

Assim fiquei eu, no sol do Céu glorificado
E no Inferno, em seu resplandecer;
Meu espírito sorveu um tom misturado,
Do canto do serafim, do demônio o uivado;
E o que minha alma tem suportado
Somente ela é capaz de dizer!

Como um ar suave, por sobre o mar,
Pela tormenta agitado, em pleno torpor,
Uma brisa morna, que vem aos poucos degelar,
A neve, que em alguma folha insiste em tombar;
Não... que coisa doce pode a você se igualar,
Meu atencioso Consolador?

Ainda assim, um pouco mais você há de falar,
Acalme esse humor da irritação;
E, quando o coração bravio manso se tornar,
Por outro sinal não há de buscar,
Mas a lágrima em meu rosto pode deixar
Como prova da minha gratidão!

O Velho
Estoico

Pelas riquezas tenho leve afeição,
Com desdém, o Amor me leva à gargalhada;
E a luxúria da fama, nada mais que ilusão,
Que desaparece com a madrugada.

E, se acaso orar, a única oração
Que move meus lábios de verdade
É: "Que eu possa trocar este coração
Por um pouco de liberdade!".

Sim, à medida que meus dias se aproximam de sua intenção,
É apenas isso que venho implorar;
Na vida e na morte, uma alma sem grilhão,
Com coragem para tudo suportar.